그래도 괜찮아,
가족이니까!

응답하라, 2050 대가족!

온라인 대가족 지음 ○────────────

성정민 엄해정 김경순 이윤정
김주연 이루미 임소라 황준연 정희경

청어 도서출판

그래도 괜찮아, 가족이니까!

응답하라, 2050 대가족!

온라인 대가족 지음

성정민 엄해정 김경순 이윤정
김주연 이루미 임소라 황준연 정희경

이 책에 쏟아진 찬사

슬프지 않은데 마음이 먹먹해지는…. 우습지 않은데 미소가 묻어나는…. 순박한 이야기에 가슴이 저릿한 건 당신의 글에서 내 가족의 모습을 보았기 때문이다. 맵고 짜고 쓸쓸하지만 달달했던 우리 모두의 이야기. 서로 다른 시선에서 시작된 글에서 결국 서로의 '다름' 쯤은 별 것 아닌 일이 되어버린다.

－김선이님(치카쌤써니: 치과위생사)

온라인으로 만난 대가족이라니…. 뭔가 신박한데? 그들의 이야기가 궁금했다. 온라인으로 소통하며 삶을 공유하는 작가님 아홉 분의 이야기 속에서 나 또한 같은 공간에 있는 듯한 느낌이 들었다. 그들과 함께 희로애락을 함께 했다. 각기 다른 삶을 살아 왔고. 살고 있지만 하나로 모아지는 건 가족에 대한 사랑 그리고 소중함이 아닐까 생각된다.

－윤미님(보드게임 강사)

타인의 삶과 가족 이야기를 담고 있으나, 읽는 내내 나와 내 가족을 돌아보게 하는 뭉클함을 선물한다. 보통 사람들의 특별한 삶을 들여다보고 있노라면 특별할 것 없고 별 볼 일 없는 것으로 여겨지던 나의 삶이. 나의 기억이. 나의 가족이 더욱 소중해진다.

－오연지님(공무원)

누구에게나 '무덤까지 나만 가지고 가야지.'라며 꽁꽁 싸매고 싶은, 타인에게 쉽게 털어놓을 수 없는 가족의 이야기가 있다. 아홉 작가의 솔직 담백한 가족 이야기를 읽다 보면 어느새 나도 모르게 내 곁에 있는 가족에게 사랑한다 말할 수 있는 용기를 얻게 된다.

-전주연님(영어 전문강사)

온라인 대가족 이름만 들어도 다양한 색으로 펼쳐질 이야기들이 궁금증을 자아냈다. 일면식도 없는 다양한 사람들이 온라인에서 만나 글을 적을 수 있다는 것 자체가 놀랍기도 하다. 사람은 어디에 있던 언제나 뭔가를 그리워하며 산다고 한다. 이 책을 통해 그리운 추억 속에 내 이야기를 끌어낼 수 있었고 가족이란 의미를 생각해 볼 수 있었던 고마운 책이다.

-이해진님(네트워크 마케터)

가족에 관한 9명의 작가님의 진솔한 이야기를 읽어 내려가며 눈시울이 붉어지기도 했고 웃음이 나기도 했다. 언젠가 한 번쯤 같은 경험을 했던 내 마음을 토닥여주었다. 가족이라는 아주 일상적이고 평범하지만 때로 특별하고 마냥 쉽지 않은 관계를 돌아보게 하는 귀한 책이다.

-엄채영님(한국어 강사)

사랑하는 가족이 있는가? 그런데 가족을 잘 모르겠는가? 우리 가족이 더 가까워질 수 있는 책이 나왔다. 20~50대인 온라인 대가족이 쓴

각자의 이야기가 가족 내에서 생긴 오해를 풀어줄 열쇠가 되어준다. 이 책은 꼭 온 가족이 함께 읽길 바란다. 눈물 콧물 닦아가며 서로를 더 아끼고 더 많이 사랑하게 만들어 줄 것이다.

-이한나님(전업주부)

가족도 온라인으로 맺어질 수 있는 세상이 되었다. 온라인 세상에서도 모든 사람이 행복을 선택하는 하루하루가 되기를 응원한다. 공감 가는 글과 행복한 시간을 만들어 주셔서 감사하다. 앞으로 만나게 될 다른 온라인 가족들의 이야기도 기대된다.

-서현자님(공무원)

아픔 없는 가족이 있을까?

    늘 웃던 사람이 있었다. 그는 미소가 남들보다 많아 밝아보였고 대화에는 항상 희망이 담겨 있어 사람들의 메신저 역할을 하고 있었다. 그러나 그는 어린 시절 밤마다 엄마 대신 엄마의 옷을 품고 자야만 하는 사람이었다. 부모님이 무슨 일을 하시는지 알 수 없었지만 자주 늦으셨고, 언젠가부터는 그조차도 드문드문해졌다. 그는 아주 나중에서야 부모님이 이혼하셨다는 사실을 알았다. 있는 엄마를 안고 잘 수 없는 어린 소년의 밤은 어떨까? 그 옷이 아니 그 옷에 담긴 엄마의 냄새가 위로는 되었을까?

    온라인 대가족과 함께 가족에 대해 대화를 나누며 이런 아픔을 보는 건 시작에 불과했다. 50대의 삶은 상상 그 이상이었다. 누군가는 하루가 죽고 싶다로 시작해 죽고 싶다로 끝났다고 했고 또 누군가는 서로 죽기 살기로 싸우는 장면을 힘없이 바라봐야 했다. 어린 시절 아버지를 잃은 후 뱀이 똬리를 틀 듯 외로움이 자신을 감싸온 사람부터 자기 나이만 한 때 부모가 된 분들의 쉽지 않은 노력으로 자란 학생까지… 우리 중에 보통 가족은 아무도 없었다. 이런 가족의 모습은 가족과의 이별에서도 오지만 각각의 가정이 가진 아픔. 그것들이 해결되지 못해 이어지는 결과물이기도 했다.

가슴이 시렸다. 그러나 우리는 그런 삶을 통해서도 배우고 해결해가며 가족 안에 아픔뿐 아니라 사랑도 발견하며 달라졌다. 부모들의 멘토로, 한 지역의 유지와 빌딩주로, 인성교육에 앞장서는 상담사로, 일상이 빛나는 프로주부로, 잘 나가는 아빠 관장님으로, 다양한 모임을 진행하는 마음 벗으로, 베스트 책쓰기 전문가로, 다양한 직업부자로, 교사의 꿈을 키우는 교원대생으로 스스로를 성장시킨 모습은 참으로 눈물겨웠다.

그런 우리들의 가정사가 담긴 글을 본 많은 독자가 울고 웃었다. 그건 필력이 대단해서도 글쓰기 기술이 훌륭해서도 아니었다. 강원국님은 삶을 잘 사는 것이 가장 글을 잘 쓰는 것이라 했던가? 잘 살아내려는 노력이 우리의 글을 읽는 분들의 마음으로 전해져 자신의 가족에게 더 가까이 다가가게 했고 그들을 이해하게 했다.
바로 이것이 이 책이 나온 이유이다.

온라인 대가족을 이 세상에 있게 해주시고, 이 책의 주인공이신 우리 대가족분들께 존경하는 마음으로 이 책을 바칩니다. 이런 기회를 주신 청어출판사 이영철 대표님과 방세화 편집장님 외 출판사 식구들 그리고 이 책을 펼쳐주신 독자분들께도 모두 감사드립니다.
마지막으로 온라인 회원분들께 '온라인 대가족' 6행시로 감사 인사를 전합니다.

온 정성을 다해 살아오신 삶의 스승 문홍선님과 엄해정님. 김경순님
라일락 꽃향기를 머금은 소울메이트 임소라님과 이윤정님.
인간적이고 생기 넘치는 모습의 밝은 정희경님과 김주연님.
대가족의 글이 책이 되도록 도와주신 황준연님과 추교진님을 만나
가족이라는 이름으로 함께 글을 쓰고 나누며
족히 만족을 느끼는 시간이었습니다. 감사합니다.

—성정민 이루미

목차

| 1장 |

스며든 기억

내 가족은 말이야

_____

가족을 빼고는 쓸 만한 소재를 생각할 수 없다.
가족은 다른 모든 사회 영역의 상징이다.

– 안나 퀸드랜 –

내 가족은 말이야............................

50대 남 **성정민**

　부모님은 부부싸움을 많이 하셨다. 아니. 일방적으로 아버지가 이기시는 싸움이었다. 아버지의 잦은 폭력과 큰소리. 어머니의 울음소리는 나의 어린 시절 아픈 기억이다. 싸움의 시작은 어머니의 속상함이 가득한 하소연이다. 아버지는 침묵하신다. 어머니는 계속해서 상처받은 마음을 알아달라고 목소리를 높이신다. 아버지는 듣다 듣다 참으시기 어려우시면 큰소리를 치신다. 큰소리로 안 되면 폭력이 난무해진다.

　그 시간은 나와 동생들에게는 공포의 시간이었다. 소리가 들리지만. 아무것도 할 수 없는 무기력이 더 힘들었다. 동생들과 이불을 뒤집어쓰고 싸움이 끝나기까지 숨을 죽이고 있었다. 새우가 웅크리고 굳어버린 것처럼. 그렇게 웅크리고 있었다. 두 분의 싸움으로 어린 새우(우리의)등이 터진 것이다.

　그 영향으로 늘 자신감이 없고. 감정을 솔직하게 표현하지 못하고. 눈치를 살펴야 하는 열등감이 많은 사람으로 성장했다. 불쌍한 엄마…

"아버지는 왜 그랬을까?"라는 질문보다는 "무조건 아빠는 싫어. 안 계시면 좋겠다."라는 생각이 가득했다. 항상 이런 시선으로 가족을 보며 자랐다. 가족이란 행복을 주는 가장 기초적인 공동체인데, 우리 가족은 왜 그렇게 아프고 힘들었을까?

그 이후. 치유프로그램을 통해 내적치유를 경험하였다. 심리학을 공부하며 성장할 수 있었다. 아버지를 재해석하고 아버지와 관계의 다리를 놓으며 처음에는 어색했지만 점차 가까워졌다. 아버지를 만나면 안아드린다. 처음엔 쑥스러워하시더니 어느 날 차에서 내리는데 팔을 벌리고 서 계셨다. 그렇게 아버지와 나는 어느새 가슴과 가슴이 만나는 사이가 된 것이다. 이제는 부모님이 이해된다. 동시에 그때의 나와 동생들도 함께 안으며 내 몸과 마음은 성장했다.

그렇게 성장한 나는 사랑하는 아내를 만났다. 작은 키에 귀여운 외모와 똑똑함. 한마디로 살수록 좋은 사람이다. 짧은 신혼생활이었다. 결혼 4개월 만에 딸아이를 임신하였다. 아빠가 된다는 설렘이 컸다. 딸과 아들 셋. 내 인생에 축복의 선물이 우리에게로 왔다. 부모로 여기까지 성장할 수 있던 것은 네 명의 자녀 때문이다. 자녀들은 부부를 성장시키는 네 분의 선생님이다. 감출 수 없는 연약함을 그대로 받아주면서 함께 아파하고 함께 성장해 나간다. 결혼 전에 이런 다짐을 했었다. 자녀를 낳으면 '상처 안주는 아빠가 될 거야!' 첫아이 세 살 때까지는 정말 그렇게 될 줄 알았다. 미운 네 살이라는 딸의 모습에 나 역시 상처를 안 주는 아빠는 될 수 없다는 것을 깨닫고 다짐을 바꾸었다.

'상처 덜 주는 아빠!'

　나는 아직도 아빠, 목사, 강사, 팀장, 작가로 성장 중이다. 그중 가장 좋기도 하고, 가장 무거운 역할은 아빠이다. 평생 놓을 수 없는 것이라 그렇고, 나의 삶이 자녀들의 생각과 기억에 기록되기 때문이기도 하다. 나에게 허락된 시간 동안 아빠로서 계속 성장하고 싶다.

내 가족은 말이야

50대 여 **엄해정**

서럽고도 힘들었던 나의 인생은 인동초와 같았다. 인동초는 어떠한 악조건에서도 잘 견디며 추위에 강해서 서리가 내릴 때까지 생장을 계속하는 생명력이 강한 식물이다. 척박한 땅이나 산기슭에서도 잘 자라며 가냘픈 덩굴로 뻗어서 향긋한 향기를 뿜는 꽃으로 피어난다. 돌아보면 내 인생도 그랬다.

모진 시련을 디딤돌 삼아. 그것이 발판이 되어 빛나는 인생을 살게 한 내 가족을 소개한다. 아버지는 내 나이 8살. 동생은 4살 때 돌아가셨다. 엄마는 아버지의 취중 폭력으로 인해 뇌혈관이 터져서 한쪽을 못 쓰는 장애인이 되었다. 그렇게 장애인 엄마와 어린 철부지 두 딸을 남겨두고 저세상으로 가셨다. 아버지의 삶의 짐은 그대로 남겨둔 채로.

나는 학교에 다녀오면 산에 가서 땔나무도 해 와야 하고. 엄마 심부름으로 한 시간씩 걸어가서 가게에서 팔 물건도 구매해 와야 했다. 저녁 때가 되면 밥도 해야 했다. 밤에는 엄마가 다리가 저리다고 하면 졸음을 견디며 다리도 밟아주고 주물러 주어야 했다.

이 글을 쓰다 보니 문득문득 "그랬구나. 그랬구나" 하면서 어린 시절 애쓴 내 안의 '내면아이'에게 위로가 보내진다. 그리고 작은 격려도 보낸다. "참 애썼다. 대단하다. 장하다."라며 위로와 격려 속에 씩 웃어주는 긍정의 아이콘을 만난다.

그렇게 자라 온 긍정아이콘은 올해 결혼 30주년을 맞았다. 결혼 30주년을 맞이하여 큰아들은 전체적인 파티 준비를 하고 둘째아들은 남편과 내가 평소에 가져 보지 못한 30주년 특별선물을 준비했다. 평상시 음치, 박치라고 소문난 스무 살 막내는 부모님의 결혼 30주년을 위해 노래를 준비했다. '가족사진'이라는 노래였다. 제목부터가 뭔가 찡한 느낌이 왔다.

'바쁘게 살아온 당신의 젊음에 의미를 더해줄 아이가 생기고, 그날에 찍었던 가족사진 속에 설레는 웃음은 빛바래 가지만 어른이 되어서 현실에 던져진 나는 철이 없는 아들이 되어서 이곳저곳에서 깨지고 또 일어서다~'

아들의 목소리가 서서히 잠기며 눈가에 눈물이 글썽인다. 그런 아이와 함께 우리 가족 모두 눈시울이 적셔진다. 남편과 나. 둘 다 지지리도 못 살아 고생하다가 부부와 가족이라는 이름으로 함께 살아오면서 좋은 일, 궂은 일, 슬픈 일, 힘든 일을 함께 공유하고 짐을 나누며 한세월을 살아왔다. 우리들의 만남은 서로의 고생 끝 행복의 시작이었다. 서로의 부족한 점을 보완해주는 평생파트너. 좋은 일이 있을 때 가장 먼저 떠오르고 함께 이야기하며 자랑할 가족이 있어 감사하다. 슬프고 힘든 일이 있을 때 함께 나누고 위로받을 가족이 있어 감사하다. 세상을 먼저 살아온 선배로서의 지혜와 부모로서의 인자함으로 최소한 가족 간에 상처를 주지 않는 삶을 살아야겠다는 마음을 가져본다. 가족이라는 울타리에 사랑이라는 온전한 거름으로 아름답고 향기로운 가정을 세워 가꾸어 가려고 한다.

나와 가족이라는 아름다운 공동체가 다시 아름답고 향기로운 사회공동체로 거듭날 테니까.

내 가족은 말이야

50대 여 **김경순**

팔 남매 중에 다섯 번째로 태어난 나는, 어릴 적 오성교 다리 밑에서 주워 왔다는 주변 사람들 말에 날 버리고 간 부모를 원망하며 눈치를 많이 보며 자랐다. 일찍 철이 들었고, 초등학교 2학년 때부터 아궁이에 불을 지펴 밥을 지었다. 일찍이 이불 홑청 꿰매는 일, 외할머니의 모시 적삼과 삼베 저고리를 빨아 풀을 먹이고 다듬이질을 하는 일, 개울에서 가족들의 많은 빨래를 하고 양은솥을 닦는 일 등도 너끈히 해내는 당찬 아이였다.

어려서부터 어려운 가정형편을 알았기에 날 두고 새벽부터 밭을 매러 간 엄마를 원망하며 철이 들었다. 농사일보다는 타고난 재능에 관심이 더 많으셨던 아빠에게 "아빠! 다른 집에서는 애들 교육시키려고 가축들을 키우는데 왜 우리 집에서는 가축들을 키우지 않으세요?"라고 묻는 버거운 딸이기도 했다.

너무도 어려운 형편 때문에 부모님 슬하에서 고등학교 진학을 포기했다. 추운 겨울 엄마를 위해 반짇고리의 바늘마다 실을 끼워두고 설이 다가오기 전에 이불 홑청을 모두 빨아서 끼워두었다. 김장하고 저장해 둔 무 구덩이에서 무를 꺼내 손질하기도 했다. 봄에 먹는 김장 김치는 묵은 내가 나서 그냥 먹기가 힘들었다. 춘삼월 봄이 오면 농사일이 시작되는 데. 그때 먹을 반찬으로 깍두기 두 단지와 생채 두 단지를 말없이 담그면서 앞으로 닥쳐올 고통은 다 이겨 내리라며 자신을 다져갔다. 1982년 정월 초사흗날 차비 만팔 천 원을 들고 부산 행 고속버스를 탔다. 부모님 슬하의 나의 청소년 시절은 그렇게 끝이 났다. 그때 나이 열일곱 살이었다.

혼자 도시 생활에 익숙해지고 직장생활을 하면서 고등학교에 진학했고 남동생과 함께 자취생활을 했다. 스무 세 살이 되던 해 여섯 살 많은 한 남자의 끈질긴 구애에 손을 들었다. 꽃들이 만발한 사월에 친정의 도움 없이 결혼 준비를 하고 힘든 과정들 속에서 자연히 어른으로 여물어 갔다.

자기주장이 뚜렷한 남편은 대기업 한 곳에서 38년 동안 근무하면서 직원들에게 필요한 여러 개의 동아리를 만들어 소통하는 뚝심 있고 배짱이 있는 사람이다. 자신의 가족을 소중하게 생각하고 매사에 성실한 남편은 음주와 가무에도 능하다.

생명 공학도를 꿈꾸던 아들은 아빠와 연관된 회사에서 성실히 본분을 다하고 있다. 피는 못 속인다고 아들 역시 음주 가무에 능하고 착한 마음씨의 소유자이며 미소가 필살기이다.

엄마와 아빠의 장점을 물려받은 딸은 골고루 다방면의 취미를 즐긴다. 피아노, 발레, 수영, 달리기, 사물놀이, 테니스, 프리다이빙 등이 모두 취미 이상의 실력이다. 과거 건축가가 되겠다고 대학교를 진학하고 유학도 다녀오더니 졸업할 때쯤 되어선 취미였던 요가를 직업으로 해보겠다며 비장하게 통보했다. 당황스러웠지만 응원을 했고, 지지해준 결과 이젠 어느덧 10년 차를 바라보고 있는 숙련된 선생님이다. 하고 싶은 것들은 꼭 경험하는 딸아이는 날 닮아 그렇다고 하는데, 나도 아니라고 반박은 못 했다.

이런 남편과 아들, 그리고 어린 시절 꼭 나 같은 딸과 함께 우리는 예전 나의 가족과 같은 모습으로 또는 전혀 다른 모습으로 살아가고 있다.

내 가족은 말이야……………………………

40대 여 **이윤정**

나는 어린 시절 대가족 틈에서 자랐다. 어머니는 늘 병약하셨고 아버지와의 관계가 원만하지 못하셨다. 사회생활을 하셨던 어머니는 나와 남동생을 전적으로 돌볼 수 없으셔서 외조부모님이 키워주셨다. 외삼촌들과 이모들, 외숙모. 나이 차가 많이 나는 사촌 동생 여러 명과 함께하는 생활은 만만치 않았다. 혼자 있기 좋아하고 예민했던 나는 그들 틈에서 힘이 들었다.

어머니의 손길과 사랑이 필요했지만 나에게 어머니는 너무 멀리 있는 사람이었고, 아버지는 함께 하고 싶지 않은 사람이었다. 칭찬보다는 지적을 많이 받고 자랐던 나는 그저 성실하고 조용히 일상을 참아내는 방식으로 내 삶을 지켜냈다. 돌아보면 우리 모두 주어진 자기의 삶을 살아내느라 힘들었다. 덜 열심히 살고 서로를 바라봐 주고 보듬어주며 살았으면 좋았겠지만. 그 시절 우리 가족은 그렇지 못했다.

별로 건강하지 못한 청소년기를 지나 성인이 되어가면서 나는 자연스럽게 비혼을 꿈꾸게 되었다. 몸과 마음이 모두 건강하지 못했으므로 나에게 결혼은 닿을 수 없는 꿈같은 것이었다. 성인이 되어 대가족들과 자연스러운 헤어짐을 경험하고 홀로서기를 시작하면서 몸과 마음이 많이 회복되었다. 부모님의 삶을 머리와 가슴으로 이해하게 되었고, 싫었던 많은 것들로부터 자유로워졌으며, 스스로 규정지은 것들로부터 탈출했다. 일상의 많은 것들이 자연스럽게 흘러가고 있을 때, 남편을 만났다. 그를 만나고 나서 자연스럽게 결혼을 생각하게 되었다. 그는 나를 있는 그대로 존중해주는 사람이었는데, 그 점이 결혼을 결심할 수 있게 된 가장 큰 이유였다.

결혼생활은 달콤하기도 씁쓸하기도 했다. 바깥일에 모든 에너지를 쏟는 사람의 아내이자 외며느리로 사는 것은 결혼 전 충분히 고려된 상황임에도 쉽지 않았다. 남편은 가정을 위한 일이 생계를 확실하게 책임지는 것으로 생각하는 사람이어서 가족들과 소소한 일상을 나누고 함께 무언가를 하는 것에 큰 의미를 두지 않았다. 가정의 대소사를 챙기고, 남편의 시선을 가정 안으로 조금씩 옮기며 세 자녀를 건강하게 키우는 것 모두 나의 역할이었으므로 자연스럽게 전업주부가 되었다.

남편과의 관계나 다른 가족들로부터 받은 상처는 놀랍게도 세 자녀를 돌보는 것으로 회복되었다. 엄마의 자리를 지키고만 있었던 적이 대부분이었지만 자녀들은 그마저도 고맙고, 사랑한다고 말해주었다. 자녀들의 밝고 순수한 말과 태도를 통해 비뚤어진 나의 마음이 조금씩 제자리로 돌아오는 경험을 많이 했고, 그것은 가족의 의미를 다시 생각해보게 되는 충분하고 강력한 동기가 되었다. 어린 시절 내 가족으로부터 받았던 상처가 내가 선택한 가족으로부터 회복되는 경험은 놀랍고도 짜릿했다.

결혼 십일 년 차. 가족 안에서 오늘도 나는 울고 웃는다. 남편이 가끔은 일찍 퇴근해 함께 밥상을 차리고 아이들과 손을 잡고 동네 어귀를 어슬렁거리는 것을 아직도 꿈꾼다. 그렇지 못한 현실이 가끔 지치지만, 언젠가는 이루어질 날이 있을 것이다.

내 가족은 말이야

40대 남 **김주연**

우주스럽다

[우주스럽따] 형용사-신조어 행동이나 생각이 김우주 같을 때 사용하는 말.

14년 4월. '우주스럽다'라는 형용사를 탄생시킨. 우리 가정의 4번째 구성원 '김우주'가 태어났다. 사내였다. '우주스럽다'라는 말은 우주의 아빠인 내가 처음 만들고 사용했다. 우주가 한 4살쯤이었던 걸로 기억한다. 신생아 때부터 그때까지 정말 상상을 초월하는 행동들로 인해 '우주답다!'에서 있는 그대로 봐주기 시작하며 '우주스럽다'라는 말을 사용하게 되었다. 우리 부부의 둘째 '김우주'는 이런 사람이다.

그보다 먼저 우리 가정의 구성원이 된 사람이 있었다. 김우주보다 두 살 위인 '김별이'이다. 별이와 우주는 많은 부분에서 다르다. 당연한 말이지만 별이는 여자아이. 우주는 남자아이이니까. 하지만. 놀라울 정도의 공통점도 있다. 바로 사내다운 행동이 그것이다. 나는 태권도장을 운영하는 관장이기에, 수많은 아이를 겪는다. 그 경험을 바탕으로 자신 있게 말할 수 있다.

"김별이는 웬만한 남자아이 못지않다!"

우리 부부의 첫째 '김별이'는 이런 사람이다.

17년 10월 태명도 하늘이었던, '김하늘'이 태어났다.

우리 가정의 다섯 번째 구성원이자, 여자아이이자, 막둥이다. 막둥이 에게는 신기한 점이 있다. 언니인 별이와 닮은 점이 많다는 것(그게 뭐가 신기하냐고요? 아직 애가 없군요.) 그리고 더욱 신기한 점은, 오빠인 우주와 똑같다는 점이다! 대박! 생김새나 행동이나! '여자 김우주'다! 우리 부부 의 셋째 '김하늘'은 이런 사람이다.

"애들은 잘 때가 제일 예뻐!"

이 말에 우리 부부는 격하게 공감한다. 하루 24시간 종일 아이들과 같이 있어야 하는 주말. 우리 부부가 가장 열렬히 추구하는 목표는 바 로, '애들 빨리 재우기'이다. 이 목표를 추구하는 이유가 결코 애들이 싫 어서가 아니다! 단지 아이들의 가장 이쁜 모습인, 자는 모습을 조금이라 도 빨리 보고 싶은 마음에 그런 거다.

'김주연', '김유경'은 스무 살 때 처음 만났다. 10년 연애하고 '미쳤단' 소리 들으며 결혼한 10년 차 부부다. 우리 부부는,

세상 누구보다 우리 별이 우주 하늘이의 자는 모습을 예뻐한다. 또한,

세상 누구보다 우리 별이 우주 하늘이를 사랑한다.

나이순으로 김유경. 김주연. 김별이. 김우주. 김하늘. 우리 가족이다.

내 가족은 말이야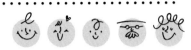

40대 여 **이루미**

"저 사모님은 아주 좋은 집안의 딸일 거야."

나의 친절함과 인사성을 칭찬하시며 한 손님이 하신 말씀이다. '아주 좋은 집안…' 내 기준에선 맞지만. 세상의 기준에선 흔하거나 흔함에도 못 미칠지 모를 내 집안을 소개해 보려 한다.

부모님은 매일 보리밥에 하루 벌어 하루 살 정도의 힘겨운 삶에도 불구하고 7남매에 늦둥이인 나까지 8남매를 키우셨다. 항상 바쁘신 부모님이었지만 밤마다 꼬옥 안고 예뻐해 주실 땐 참 여유롭고 온화함까지 느껴졌다. 잠시였겠지만 그 힘은 컸다.

어린 오빠와 언니들이 서울에 가서 돈을 벌어야 할 정도로 우리 가정은 어려웠지만. 그 또한 늦둥이에겐 좋은 기억이다. 서울 간 오빠와 언니들이 오는 날이면 설레어서 문밖에서 추운 줄도 모르고 손을 호호 불며 기다렸다. 맛있는 서울과자를 기대하며 '언제 오지?' 하고 한참을 문 앞에서 서성였다. 가정 형편상 배움 대신 일터를 선택한 어린 오빠들과 언니의 노고로 얻어진 것들인 줄 모르고 그땐 마냥 좋기만 했다. 고사리 같은 손에 용돈이라도 쥐어주는 날이면 뛸 듯이 기뻤다. 못 배우고 돈 벌어야 하는 오빠, 언니들의 서러움과 고달픔을 아는 지금은 생각만 해도 미안함에 눈물이 난다. 그 와중에도 자기보다 어린애들 사이에서 주경야독으로 배움을 채워갔던 언니 오빠들의 모습은 늦둥이가 우러러보기에 부족함이 없었다.

좋은 집안의 기준은 뭘까?

먹고 살기 힘들어도 서로의 쉽지 않은 정성이 느껴지고 그 순간들을 서로 알아줄수록 내 기준에선 상위권이다.

그런 기준으로 보면 난 또 좋은 남자를 만나 아내가 되고 건강하고 예쁜 자매의 엄마가 되었다. 많은 돈. 집 두 채. 좋은 차. 좋은 사람 모든 걸 다 가진 남자가 신혼 1년 만에 사업실패로 모든 걸 잃은 남편이 되던 날. 우리 엄마는 만성 신부전으로 위독하시고 난 임신 중이었다. 그 순간. '모든 걸 잃었어도 너희 셋 건강하잖아.'라고 누군가 아니 엄마가 말씀해주시는 듯했다. 엄마 병문안 가는 게 제일 좋은 효도이자 태교라 생각했고. 어려움도 함께 겪어보면 부부가 서로 더 잘 알고 이해하게 될 거라 믿었다.

남편은 쉬는 날도 없이 할 수 있는 일은 다 하며 고달픈 나날들을 보냈다. 하나 남은 자존심까지 상하기도 한 날은 성당 가서 혼자 우는 날도 있었다고 했다. 그럼에도 늘 정신을 바로 잡으며 일 끝나면 곧장 집으로 와 아내와 아이들을 보살폈다. 가진 게 있어도 없어도 흔들림이 없는 그의 가족애와 삶에 대한 의지는 나와 아이들이 본받기에 충분했다. 그리고 이 세상에서 아빠, 엄마와 서로가 가장 좋다는 딸들을 보며 자신의 상황에서 최선을 보여주신 부모님의 사랑과 오빠 그리고 언니들의 우애, 남편의 애씀 덕분이란 것도 느낀다.

좋은 집안은 이렇게 대대손손 물려지지만 흔하거나 흔함에도 못 미치는 가정에서도 충분히 이루어 낼 수 있음을 딸로 아내로 엄마로 살며 알게 되었다.

내 가족은 말이야

30대 여 **임소라**

사람마다 색을 가지고 있다고 생각한다. 내가 느끼는 우리 엄마의 색은 은은하면서 고급스러운 회색이다. 엄마는 조용하고 순박하며 끈기와 침묵으로 설명된다. 지금까지 살아온 엄마의 삶은 어둠에서 빛으로 가는 과정을 보여주는 듯하다. 38세의 나이에 남편을 하늘로 보내고 딸셋, 아들 하나로 첫째는 15살 막내는 7살. 엄마의 그때 나이를 지난 지금의 나는 감히 엄마의 고생을 짐작해본다.

남편 없이 살아온 세월은 혼자 선택해야 하는 순간들로 가득했다. 그 선택들이 언제나 옳은 결과를 가져온 건 아니었다. 하지만 누구든 옳은 선택만 할 수 없다고 생각한다. 엄마는 어떤 선택이셨든 받아들일 줄 아는 분이고 우리에게 한 번도 불평불만을 이야기하지 않으셨다. 그런 엄마에게 사람은 실수할 수 있으며, 선택은 자신이 하는 것이고, 선택에 대한 책임도 스스로 져야 한다는 책임감을 배우게 되었다. 회색 엄마에게 배운 삶의 지혜인 '남 탓하지 않기'로 오늘도 난 바르게 살아가고 있다.

신랑은 사랑을 받을 줄도 알고 줄 줄도 아는 사람이다. 난 받은 사랑이 부족한 사람이었지만 사랑을 주어야 관심받는다고 생각했다. 이러한 상황이 반복되니 사랑을 주기에 급급해 방전되기 일쑤였다.

그런 나에게 끊임없이 사랑을 주고 나 그대로를 인정해주는 사람이 우리 신랑이다. 또, 모든 이의 사랑을 받을 줄 아는 마음이 풍요로운 사람이다.

신랑의 무한 사랑은 받아서 뿐만 아니라 사랑하겠다는 의지와 결심에서 시작되었다고 한다. 난 신랑의 의지와 결심을 본받아 아이들에게 실천하며 살고 있다.

재혁이가 태어나고 가장 많이 했던 감사 기도는 '나에게서 속 깊고 따뜻한 아들이 태어나다니… 감사합니다.'이다. 아이는 나보다 속이 깊어 아이에게 늘 배운다. 그 아이가 9살이 될 때까지도 둘째는 생각하지 않았다.

아이를 키우면서 행복하고 만족하게 보내고 있어. 가족은 행복을 배로 만들어 주고, 슬픔은 반으로 줄게 된다는 말의 뜻과 의미를 알게 되었다. 그때 마침 '나 혼자 산다'의 손담비 씨가 돌아가신 아버지에게 한 "어릴 땐 외동인 게 좋았는데 지금은 추억을 공유할 사람이 없다는 게 슬퍼"라는 말이 가슴에 박혔다.

그 후 둘째를 생각하게 되었다. 태명도 가족회의를 통해 짓고 산부인과도 가족이 함께 가며 관심과 사랑을 듬뿍 받으며 지우가 태어났다. 사랑 많이 받고 많이 주는 풍요롭고 온전한 아이가 우리에게 왔다.

아이가 가지고 태어난 호기심과 삶의 소명을 평생 지니고 찾아가길 바라며 난 조용히 함께 삶의 길을 걷길 바란다. 아이가 함께 가길 원할 때까지 함께 할 것이며. 스스로 걷는다고 한다면 나의 길을 걸으며 다른 길의 동행자가 되고 싶다.

내 가족은 말이야 •

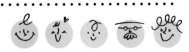

30대 남 황준연

고슴도치를 키운 적이 있다. 꽤 오랫동안 한 마리를 키웠다. 혼자 있
는 것이 외로워 보여서 고슴도치 암컷을 데려왔다. 하지만 서로 경계했
다. 하지만 시간이 지나자 둘은 친해졌다. 문제는 그다음이었다. 가까이
가면 상처가 나고 피가 났다. 가까이 갈수록 더 아프기만 했다. 그러다
둘은 서로의 거리를 찾기 시작했다. 같이 있을 수 있는 거리. 하지만 아
프지는 않은 거리.

예전에 '고슴도치의 사랑'이라는 그림을 본 적이 있다. 추운 겨울날.
고슴도치 두 마리가 떨고 있다. 추워서 너무 가까이 가면 가시에 찔리
고, 그렇다고 너무 멀면 추워서. 둘 사이에는 어떤 간격이 생긴다. 같이
있는 것도 아니고. 그렇다고 따로 있는 것도 아닌, 애매한 둘의 사이. 어
머니와 나의 사이가 아닌가 싶다.

어머니는 제주. 나는 대구. 물리적 거리도 멀었지만, 심리적 거리는
훨씬 멀었다. 어쩌다 보니 10년이나 서로 떨어져 있게 되었다. 정확하게

는 의절을 한 것이다. 하지만 서로 그게 편했다. 편하다고 생각 한 것일까? 아니면 사는 것이 바빠서 잠시 잊은 것일까? 10년이나 떨어져 있었지만. 그렇게 어색하지 않았다. 그 공백을 깬 것은 어머니였다.

"아들…. 잠시라도 같이 살았으면 좋겠다."

왜일까? 나도 모르게 제주로 내려오게 되었다. 내려와서 참 좋았던 것 같다. 늘 혼자 살다 누군가와 함께 사는 것이. 그것이 엄마라서 참 좋았다. 새 아버지라는 존재가 처음에는 힘들었지만. 그동안 나 대신 어머니를 지켜주신 것만 같아 참 감사했다. 그렇게 어느새 꽤 많은 시간이 흘렀다.

지금은 서로를 답답해한다. 서로에 대한 기대가 크기 때문일까? 아니면 서로 너무 가까워져 버린 걸까? 아니 이것이 가족일까? 이유는 잘 모르겠지만. 서로의 간격이 필요한 것 같다. 그렇게 거리를 두게 되었다. 하지만 너무 멀면 또다시 마음이 아프다. 그러다 또 어느새 가까워지겠지.

고슴도치를 보면 어머니와 내가 생각난다. 다가가야 할까? 아니면 거리는 둬야 할까? 좀 더 멀리 가야 할까? 답은 알 수 없지만. 오늘도 그 고민은 계속된다. 좀 더 부드럽게. 좀 더 가깝게 서로를 대하고 싶지만. 그러기에는 너무 따갑다. 아프다. 거리가 필요하다. 오늘도 거리를 둔다. 적당한 거리에서. 적당한 온기를 느끼며. 가족인 것 같기도 하고, 가족이 아닌 것 같기도 한 어머니와 나를 보면 고슴도치 커플이 생각난다.

내 가족은 말이야

20대 여 **정희경**

'나는 특별한 사람이야.'

지금 생각하면 자의식과잉이 아닌가 싶지만, 10대 때 나는 자신을 특별하다고 여겼다. 무엇이든 열심히 하고자 하는 욕심이 있었고, 그 결과도 꽤 좋았다.

권력욕이 있어 반장, 부반장, 미화부장 가리지 않고 나서서 했고, 그로 인해 학교 선생님들과 친구들의 관심이 나에게로 쏠리는 것을 느꼈을 땐 왠지 모르게 우쭐했다. 공부도 나름으로 열심히 해 성적도 상위권을 놓치지 않았다. 친구가 질문했을 때 이 질문의 내용이 교과서 어디 페이지 몇 번째 줄에 있는지가 떠오를 정도였다. 그리고 수업시간에 고음의 절정인 더 크로스의 Don't cry를 부를 만큼 매사에 자신감도 넘치는 학생이었다.

20살, 가족의 품을 떠나 대학생이 된 나는 놀랐다. 대학에 오니 나보다 공부를 더 잘하는 사람은 흔했고, 나보다 더 활발하고 재미있는 사람들이 많으며, 공부 이외에도 재능이 많은 학생이 있다는 것을 알았다. 더는 나의 특별함은 특별함이 아니었음을 깨달았다.

이런 나와 함께 20여 년간 살아온 우리 가족은 어떠한 사람들일까?

20년 전. 23살이었던 엄마에겐 3살짜리 자식인 내가 있다. 엄마는 자신의 20대를 두 자녀의 엄마이자 아내로서 그 자리를 잘 지켜준 대단한 사람이다. 한편으론 자신에게 몰입하며 보낼 20대를 전업주부로 보냈다는 것이 힘들었을 것 같다. 가끔 '나한테 세 살짜리 자식이 있다면?'이라는 상상을 한다. 생각만으로도 부담스럽다.

아빠는 모르는 것이 없고 다 해결해주는 슈퍼맨이었다. 중학생 때 공부하다가 모르는 부분이 있어서 아빠한테 물어봤었는데, 물 흐르듯 시원한 설명에 감동한 적이 있다. 친구들도 아빠의 설명을 들었으면 하는 마음에 집으로 데려오기까지 했다. 하지만 지금은 아빠가 슈퍼맨으로 지내기 위해 큰 노력을 해왔다는 것을 알았고, 아빠를 더 멋진 사람으로 보게 되었다.

내가 10대 후반이 되었을 무렵부터 동생이랑 더욱 사이좋게 지냈다. 가족 내에서 같은 세대이며 같은 10대 문화를 공유한다는 것이 우리를 더욱 친밀하게 만들어줬다. 특히 유머 코드가 굉장히 비슷해서 둘이서 계속 당시 유행하던 유머, 밈 등을 가지고 집에서 계속 웃어댔다. 심지어 학교에서 재밌는 일이 생기는 날이면 얼른 집에 가서 동생한테 알려주고 싶었다. 동생은 엄마 아빠가 만들어준 친구라고 할 수 있다.

평범하게 살아가는 것이 꿈이라고 했을 때, 아빠가 말씀하셨다. 평범
하게 사는 것이 얼마나 힘든 줄 아느냐고. 내가 생각했을 때, 우리 가족
은 그 힘든 것을 해내고 있다.

◆ 당신의 가족은 어떤 사람들입니까?

그래도 괜찮아, 가족이니까!

오감은 안다

내가 가진 감각들이 아니라,
그것으로 하는 무엇인가가 나의 세계다.

- 헬렌 켈러 -

오감은 안다

50대 남 **성정민**

"야! 모두 이리 나와 봐! 이게 뭐냐? 도대체 집구석 꼴이…. 어이구! 큰 애 너는 신발 정리하고, 딸내미는 빗자루로 쓸고, 막내 넌 이거 좀 치워!"

저녁때 아버지가 집에 들어오시는 그림이다.

밖에서 뭐가 그리 화가 나셨는지 호통을 치시고 방으로 들어가시곤 했다. 우린 무서워서 신발 정리에 방 쓸기. 쓰레기를 줍고 나서야 한쪽에 웅크리고 앉는다. 아직 어머니는 귀가하시기 전이다. 나는 이 장면을 무척이나 싫어했다. 속으로 나는 절대 안 그래야 한다는 생각이 있었다.

결혼 십 년 차쯤 되었을 때 일이다.

집에 들어가니 현관 앞에 신발이 나뒹구는 정신없는 모습이었다.

갑자기 화가 나서 소리를 지르며

"야! 다 이리와 봐! 이게 뭐야? 집 꼴이!" 버럭 하며 "큰애 너는 신발 치우고, 둘째는 빗자루 가져오고, 셋째는 거실에 있는 장난감 치우고. 막내는 쓰레기 치워! 도대체 당신은 집에서 뭐 하는 거야!"

어느새 나는 아버지가 보여준 모습을 나도 모르게 닮아가고 있었다.

그렇게 싫어하던 모습을 자녀에게 고스란히, 아니 더 세게 흘려보내고 있는 모습에 나 자신도 흠칫 놀랐다.

나중에 아내를 통해 듣게 된 사실은 아빠가 집에 오기 전에 엄마와 네 자녀는 너무나 재미있는 시간을 보내고 있었다고 한다. 그런데 갑자기 현관이 열리더니 아빠가 소리를 질러 분위기가 싸늘해졌다고 한다.

그 사실을 알고 너무 미안했다.

명절에 가족이 부모님을 찾아뵙고 귀경하는 차 안에서 딸이 이렇게 말했다.

"아빠, 어떨 때 아빠는 할아버지랑 똑같아요."

그 말을 듣고 나는 너무 놀랐다.

그 말은 마치 비수로 나의 가슴을 찌르는 듯한 말이다.

'나는 절대로 아버지를 닮지 않을 거야!'라고 다짐하고 애썼지만, 나의 삶에 아버지는 큰 그림자로 남아있다.

여전히 나의 삶에 영향을 끼치고 있다.

오감은 안다 •••••••••••••••••••••••••••

50대 여 **엄해정**

음력 7월. 주렁주렁 열린 포도가 먹음직스럽게 익어 갈 때쯤 내 생일
이 온다. 엄마는 내가 어렸을 때부터 결혼을 한 후에도 내 생일을 꼬박
꼬박 챙겨주셨다. 생일날 아침 시루떡을 해서 동네 이집 저집 심부름 다
니는 것이 나의 생일날 하루 시작이었다. 엄마는 아침 일찍 일어나 불편
한 몸으로 동네 우물에 물을 길러 가신다. 남의 아들 100명보다 귀한 딸
의 생일상을 차리고 기도를 하기 위해서다. 그렇게 정성스럽게 길어온
정한수 한 그릇에 미역국과 시루떡을 올리고 엄마는 기도를 올리셨다.
엄마의 기도 덕분인지 엄마의 바람대로 소원성취가 되어 무탈하게 잘살
고 있음에 감사드린다.

초등학교 입학식 날의 예쁜 추억. 가난한 형편 때문에 운동화는 사주
지 못하고 운동화 모양처럼 그림이 새겨진 하늘색 고무신에 하늘색 원
피스를 선물해주신 어머니는 시골 어머니답지 않게 세련되게 나를 꾸며
주셨다. 비록 고무신이었지만 검정 고무신이 아닌 특별한 고무신이라서
참 자랑스러웠다. 초등학교 4학년 때는 생일선물로 예쁜 레이스가 달린

꽃무늬 속치마를 사주셨다. 얼마나 좋았는지 집 안에서 하루 종일 속치
마만 입고 있었다. 그 없는 살림살이에도 딸의 생일을 정성스럽게 챙겨
주신 엄마의 사랑에 다시 한번 감사의 마음이 쑤욱 올라온다.

　아버지와의 짧은 추억에도 기억에 남는 사랑 흔적이 있다.
　아버지 손을 잡고 5일장에 따라다니던 것. 아버지가 속상할 때 뒷동
산에 가서 노래 한 가락 부르실 때 옆에 있었던 것. 속이 많이 상하실 때
담배 한 모금 길게 뿜어내던 것 등이다.
　아버지가 장에 가시는 날은 어린 딸아이 손을 꼭 잡고 데리고 다니셨
다. 아버지 손을 잡고 쫄랑쫄랑 따라다니던 그 아이는 아마도 무척 행복
했었던 것 같다. 아버지가 장터에 도착하시면 해장국집에 들르셨다. 장
을 보기 전 먼저 선짓국에 막걸리 한 사발로 장보기를 시작하셨다. 어쩌
면 그 일은 아버지 삶에 한 줌 재미였을 수도 있겠다 싶다. 아버지의 해
장국 안주에 숟가락 하나 얹고 얻어먹었던 선짓국. 참 맛있던 모양이다.
결혼 후 3년 만에 어렵사리 임신이 되어 입덧을 하는데 가장 먼저 먹고
싶었던 것이 선짓국이었다. 어쩌면 아버지의 사랑이 먹고 싶었을지도
모르겠다.

　아버지 손끝에서는 항상 담배 냄새가 났다. 어린 나는 그 담배 냄새
가 무척 포근했다. 어쩜 그것은 아버지의 냄새로 나에게 각인되었을 수
도 있었을 것이다. 사람들은 담배 냄새가 싫다고 하는데 나는 그 담배
냄새가 좋았다. 섹시함을 느끼기까지도 하였다. 남자들의 담배 피우는
모습이 멋있어 보이기까지 하였다. 이제와 생각해 보니 담배와 아버지

를 연결하여 기억하고 있었나 보다.

결혼 후, 다행히도 나를 푹 감싸주는 사랑이 많은 남편을 만나서 아버지의 부족한 사랑까지도 채워졌는지 언제부터인가 그 담배 냄새가 싫어졌다. 이제는 아버지를 떼어 내어도 살아갈 만한 나이가 되었나 보다.

"좀 일찍 내 곁을 떠나시기는 했지만 내가 숨을 쉬고 있는 한 아버지는 늘 저와 함께하신다는 것을 알게 되었어요. 그래서 아버지가 안 계셔도 이제는 슬프지 않아요."

오감에 기억된 좋은 추억으로 두 분의 애쓴 삶만큼 보람과 만족감을 채워본다.

오감은 안다 ••••••••••••••••••••••••••••••

50대 여 **김경순**

내 오감 속엔 속상한 기억들이 있다. '당신의 다이알 비누'와 '쌀이자' 관련 이야기이다.

'당신의 다이알 비누'의 기억은 이렇다. 내가 살던 동네엔 우물이 네 개가 있었다. 윗동네 아랫동네에 사방을 구분해서 집 가까운 곳에서 물을 길어다 먹는다. 우리 집 근처에도 2개가 있었는데 한 곳은 먹는 샘물로, 한 곳은 허드렛물로 쓰는 우물로 사용했다. 근처에서는 모두가 청결을 최우선 시 했다. 빨래는 개울가 빨래터에 가서 하고, 허드렛물 쓰는 샘에서는 채소나 생선을 씻고, 머리를 감거나 세수를 하는 물은 길어다가 집에서 쓰고 그 물로 걸레를 빨기도 했다. 그런데 윗집에 사는 친척집에서 세수나 머리 감기를 먹는 샘물 주변에서 다이알 세숫비누로 마구마구 문질러서 한 후, 하얗게 일어난 거품들을 제대로 정리도 하지 않은 채 돌아가곤 했다. 얄미워서 투덜대는 나에게 엄마는 못 본 체하라며 나무라셨다.

중학생이 되면서 매사가 민감해지고 주변을 많이 의식하게 되었다. 교복을 입은 이웃의 인척들이 지나가면 다이알 비누 향이 난다. 우리는 근접할 수 없는 비누였지만 부러움의 향이기도 했고 얄미움의 향이기도 했다. 반면에 우리 집에서 쓰는 비누는 쌀겨와 양잿물을 섞어 만든 수제 비누였는데 개울물에 가서 빨래하면 거품이 잘 일어나고 빨래도 잘 되지만, 샘물에서 사용하게 되면 거품이 잘 생기지 않아서 그 비누마저도 가난한 우리를 무시하는 것 같았다. 그 시절 우리 집에 고무장갑이 있을리 만무하지만. 엄마가 비누를 만들고 나면 손톱이 다 뒤집히고 껍질이 벗겨지곤 했다. 엄마를 바라보는 자존심마저도 허물을 벗는 것 같았다. 도시에서 생활을 시작하고 향기 나는 비누를 자유롭게 선택할 수 있는 형편인데도 다이알 비누의 추억은 가난처럼 아프다.

또 하나의 기억은. '쌀이자' 관련 이야기이다.

외가댁은 '천석꾼'이라고 들었다. 엄마는 시집오면서 밭과 몇 가마의 쌀을 살림 밑천으로 가져오셨다. 시집보내는 딸이 걱정되어서인지 살림 밑천으로 가져와서 춘궁기 때 빌려주고 농사지어 가을에 조금 더 받는 방식의 쌀이자 놀이를 하셨다. 누군가가 쌀을 빌리러 오면 빌려 가는 사람은 쌀 한 줌이라도 더 가져가려 아우성치고 그 속에서 말 못 하고 가만히 있던 엄마. 가을에 쌀을 갚으러 올 땐 됫박에 적게 주려고 자꾸만 됫박을 깎아내리는 모습의 어른들이 어린 나는 너무도 얄미웠다.

늘 가난했던 우리는 보리밥에 쌀이 어쩌다 보이는 밥을 먹고 살았는데 하얀 쌀들이 몇 말씩 어디에 숨어 있었는지 알 수가 없었다. 밥을 하려고 바가지에 보리쌀과 섞은 쌀은 부엌 옆에 좀도리라고 적힌 작은 단지에 수저로 두세 숟갈씩 퍼내고 밥을 짓곤 했다. 끼니마다 쌀을 모아서 동네에 애경사가 있을 때 쓰여지는 저축인 셈이다. 그런 삶을 보고 그렇게 삶을 살아낸 내가 어느덧 오십 중반을 넘어섰다. 부모님의 부족한 부분을 벗어나려고 버둥거렸어도 부모님의 좋은 유전자도 닮아서 참 고맙고 감사하다. 가끔은 거울 앞에 선 내게서 엄마와 아빠의 모습이 보인다.

지금 내가 바라보는 시선엔 엄마와 아빠의 삶이 이어지고 있고, 우리 아이들의 시선에서도 나의 삶이 고운 결로 이어지리라 믿어 의심치 않는다.

오감은 안다

40대 여 **이윤정**

어릴 적 살던 집은 마당이 있는 평평하고 너른 집이었다. 일곱 살까지 그곳에서 살았는데 늘 바지런하셨던 외할머니와 외할아버지는 청포도와 앵두나무를 가꾸시고, 손주들을 위해서 그네를 만들어 주시던 분이셨다. 청포도와 앵두가 싱그럽게 익어가는 모습을 관찰하고, 그것들을 따서 먹는 재미는 꽤 쏠쏠했다. 싱그럽게 빨간 앵두나무를 바라보며 외할머니가 밀어주시는 그네에 탔던 느낌이 아직도 생생하다.

어느 날 외할아버지께서 "이놈 먼저 따볼까?" 하시며 커다란 가위를 들고 청포도를 따러 가시면 내 마음도 한껏 부풀어 오르곤 했다. 특히, 청포도의 탱글탱글한 감촉과 달콤한 향은 엄마의 화장품 향과는 다른 무엇이 있었다. 인공적이지 않은 달콤한 향은 어린 나에게도 뭔가 치명적인 끌림이 있었다.

어른이 되어서도 나는 달콤한 과일 향에 꽤 흔들리는 편이다. 인공적인 과일 향기를 종종 만들어 나에게 선물하지만, 어린 시절의 추억이 빠져있는 과일 향은 왠지 조금 심심하다.

내가 살던 동네는 서울의 변두리였다. 조금만 차를 타고 나가면 도심의 한복판에 금방 도착했지만 주로 많은 시간을 보냈던 곳은 시골 내음 물씬 풍기는 곳이었다. 어려서부터 북적대는 곳보다 한산하고 여백이 많은 장소를 좋아했으므로 내가 살던 동네가 꽤 마음에 들었다. 혼자 있는 것을 좋아했고, 이런저런 공상에 자주 빠지곤 했던 나에게 한적한 동네의 풍경은 더없이 좋은 느낌으로 다가왔다. 사시사철 다양한 모습으로 색과 모양을 바꾸는 자연의 품에서 어린 시절을 보낼 수 있었음에 감사하다.

동네 입구에 개울이 있고 그 근방 어딘가에 아카시아가 있었던 것 같다. 아카시아의 생김새보다 아카시아 향기가 먼저 떠오르는 걸 보면, 어린 내가 맡기에도 꽤 그럴싸한 향이었나 보다. 늦봄 혹은 초여름에 아카시아 향을 흠뻑 맡으며 동네 친구 여러 명과 이곳저곳을 기웃대던 시절은 퍽 좋았던 날들이었다.

그 후로 꽤 오랫동안 그 내음을 잊고 살았다. 지금 내가 사는 동네의 한 귀퉁이에 어린 시절 맡았던 아카시아 향기가 존재한다는 걸 알게 된 건 아이들이 아주 어렸을 때였다. 허리통증과 우울증에 빠져있던 날이었다. 향에 취해 무심코 올려본 하늘 아래 보랏빛 아카시아가 환한 자태를 드러내고 있었는데, 내 어린 날의 향기와 완벽히 만나는 순간이었다.

그 시절의 향기를 만나고 싶은 날에는 주저 없이 그곳으로 발걸음을 옮긴다.

오감은 안다 •

40대 남 **김주연**

"윽! 냄새!"

건조가 잘못됐는지, 달리기를 위해 꺼내든 옷에서 코끝을 찌르는 지독한 땀 냄새가 난다. 머리가 띵하다. 땀 냄새에 각성 된 나의 머리가, 기억 속 모습 하나를 끄집어낸다. 바로, 아버지가 러닝머신 위에서 달리는 모습을….

아버지께서는 50대 초반에 '소뇌위축증'이라는 진단을 받으셨다. 운동능력에 영향을 미치는 소뇌가 점차 위축되어 결국에는 운동능력을 상실하게 되는 병이었다. 어려서부터 활동적이셨던 아버지였기에, 병의 진단 판정은 사형 선고 못지않은 것이었다. 아직 한창나이의 아버지는 그대로 주저앉지 않았다.

"딱히 치료는 어렵지만, 긍정적인 생활, 규칙적인 운동을 하셔서 하지 근력을 키우고 균형감을 키워주는 운동이 병의 진행 속도를 늦추는 데 도움이 됩니다."

라는 의사의 말을 너무나 잘 실천하였다.

동네를 엄청나게 돌아다니셨고. 더불어 집에 러닝머신 한 대를 들여
놓으셨다. 그 후 대략 20년 동안 그 위에서 붙잡고 달리시는 아버지. 빠
르게 걸으시는 아버지. 천천히 걸으시는 아버지. 힘겹게 걸으시는 아버
지를 보았다. 그래서 그런지 아버지는 항상 지독한 땀 냄새를 풍기셨다.
당신도 그것이 싫으셨는지, 수시로 샤워를 하셨다. 점차 움직임이 힘들
어. 샤워도 힘드셨을 텐데 말이다. 당시 없어도 너무 철이 없었던 나는
아버지가 무안할 정도로.

"윽! 냄새!" 하며 거리를 두었다.

그때마다 아버지는 이렇게 말씀하셨다.

"씻어도 냄새가 없어지질 않네."

맞다. 씻어도 그 냄새는 없어지질 않았다. 그래서 너무 싫었다. 아버
지도 그 사실을. 내가 당신의 땀 냄새를 싫어한다는 사실을 당연히 알고
계셨다. 하지만 그래도 하루에 한. 두 차례씩 운동하셨다. 당신을 위해
서. 나를 위해서….

별다른 말씀도 못 하시고. 한번의 눈 맞춤을 끝으로 돌아가신 지 3년
이 지났다.

가끔 나에게서 나는 땀 냄새를 맡고는. 아버지가 사무치게 그리워
진다.

"씻어도 냄새가 없어지질 않네."

오감은 안다 ●●●●●●●●●●●●●●●●●●●●●●●●●

40대 여 **이루미**

우리 집 밥상엔 메뚜기가 뛰어다닐 정도로 다양한 김치와 채소 반찬, 야채 국들이 놓여있는 날이 많았다. 도시락 반찬에도 김치는 늘 빠지지 않으니 '나도 다른 맛있는 반찬 좀 많이 싸주지…' 하는 생각이 들었다. 하루는 내가 좋아하는 반찬들을 싸 오는 단짝 친구가 "엄마, 이루미가 맛 있는 김치 맨 날 싸 오니까 난 다른 거 싸줘."라고 우리 김치가 좋아서 자신의 엄마에게 말했다고 했다. 그 당시 언니 친구들도 "○○야, 김치 꼭 싸 와." 부탁할 정도로 엄마의 김치는 어느 밥상에든 등장했지만 다 행히도 어느 곳에서든 인기 만점이었다.

아빠, 엄마는 논과 밭농사를 통해 집에서 먹을 음식을 다 해결하셨다. 쌀은 늘 1등급으로 인정받았기에 한번 드신 분들은 항상 우리 쌀을 구입 하셨다. 야채도 길거리에서 엄마가 팔 때면 금세 다 팔리는 싱싱한 것들 이었다. 그런 것들로 우리 집 밥상은 채워졌었다.

그중에서도 엄마의 파김치와 무생채는 온 가족이 두 그릇 뚝딱 먹게 하는 음식이다. 살짝 입덧하던 임신했을 때도 엄마의 그 파김치가 너무 먹고 싶어 해 달라 했던 기억이 있다. 너무 맛있었다. 난 지금껏 그 이상의 파김치. 무생채를 먹어 본 기억이 없는데. 내가 했던 파김치에서 그 비슷한 맛이 났다. 그 맛은 날 행복하게 하기도 했지만 내가 지금껏 잔병치레 없이 건강한 체질이 되게 해주는 그런 맛이기도 했다. 참 고마운 그 맛! 입으로는 또 다시 그 맛을 똑같이 느낄 수는 없지만 내 몸과 맘은 그 맛을 기억한다. 그 정성스럽던 엄마의 맛. 그건 몸과 마음을 든든하게 하는 사랑 맛이었다.

출산 후 가장 힘든 건 음식인데 엄마가 편찮으시니 그 사랑 맛을 더는 맛볼 수 없었다. 시어머니도 돌아가셨기에 흔히들 받는 산후조리도 받을 수 없었다. 그런 내게 남편은 음식이라도 해주고 싶어 했다. 다행히도 남편은 음식을 잘 했고, 먹는 음식은 뭐든 다양한 방식으로 먹어보고 연구하는 사람이었다. 산후조리해 줄 어머니가 없어 행여 내가 서러울까 싶었는지 남편의 음식은 일식. 중식. 양식…. 향도 맛도 다양했고 예쁘기도 했다. 그 정성 덕분에 몸도 마음도 빠른 속도로 회복되었다.

사랑이 담긴 맛은 늘 몸과 맘을 건강하게 했고 생각하면 입뿐만 아니라 눈도 적시게 했다.

오감은 안다 •••••••••••••••••••••••••••••••••

30대 여 **임소라**

나는 집에서 나는 음식 냄새가 유독 싫다. 퇴근 후, 현관문을 열었을 때 음식 냄새가 먼저 반기면 기분이 가라앉는다.

'집에 베인 음식 냄새가 싫은 이유가 무엇일까?'

아빠가 돌아가시기 전 엄마는 가정주부셨다. 아빠가 돌아가신 후 생활전선에 뛰어들었고, 새 시집도 갔다. 자주는 아니지만, 가끔 가던 친정집에서의 엄마 모습은 나에겐 슬픔으로 다가왔다. 힘든 일 않고 편히 살던 옛 엄마는 없었다. 가정주부였던 엄마는 일과 살림을 모두 잘해야 하는 워킹 맘이 되었다. 오랜만에 온 자식들에게 반갑고 그리웠다는 표현을 음식으로 대신하셨다.

하루 종일 무거운 물건을 옮기는 일을 하셔서 샤워한 듯 온몸은 땀방울과 소금으로 가득했다. 종종걸음으로 집 안을 다니시는 뒷모습은 생경한 모습이었다. 여유 있고 포근했던 엄마의 뒷모습은 사라지고 없다. 바삐 온갖 음식을 준비하셔서 상 가득 음식이 채워졌다. 맛과 냄새는 어렸을 때와 같았지만 분위기는 달랐다. 몸이 힘든 와중에 차린 요리의 맛은 훌륭했지만 어색한 분위기와 엄마의 알 수 없는 표정을 보며 먹는 요리는 맛이 나지 않았다.

그때부터였던가? 집에서 나는 음식 냄새는 엄마의 삶을 보여주는 것 같아 기분이 가라앉았을 것이라 예상한다.

나에겐 집에 배인 음식 냄새는 고단한 삶이다. 또 노력으로도 바꿀 수 없는 것도 있다고 이야기해주는 것 같다. 그렇다고 노력하지 않는 삶으로 살기는 싫다. 그러한 노력이 없었다면 불행을 겪은 우리 가족은 일어나기 힘들었기 때문이다.

고단한 삶과 노력의 바탕인 음식 냄새를 사랑하게 될 날을 기다린다.
하지만 내가 살림하는 동안은 음식 냄새로 집 안을 채우고 싶지 않아 오늘도 난 환기에 목숨을 건다.

오감은 안다 ••••••••••••••••••••••••••••••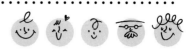

30대 남 **황준연**

어머니는 집에 안 계신 적이 많았고, 아버지도 늦은 밤까지 일하는 경우가 많아서 대체로 나는 혼자 잠이 들곤 했다. 겁도 없이 새벽까지 친구들과 놀기도 했다. 초등학생들이 새벽까지 이곳저곳을 쏘다녔다. 거의 모든 날 친구들과 시간을 함께 보냈다. 잠을 잘 때 늘 어머니의 옷을 끌어안고, 엄마의 향기를 맡으며 잤던 기억이 난다. 어머니는 늘 그 모습을 보며 말했다.

"또 엄마 옷 끌어안고 자는구나. 부드러워서 그런가?"

아침을 제외하고는 어머니를 잘 볼 수 없었다. 무슨 일을 하는 것인지는 잘 몰랐지만 늘 늦은 밤 들어오셨고, 어느 날인가부터는 그조차도 드문드문해졌다. 아주 나중에야 알았다. 부모님이 이혼하셨다는 사실을…

새어머니가 생겼고, 아주 나중에 새아버지까지 생겼다. 그것도 몇 분이나… 어머니를 생각하면 늘 상처가 생각난다. 오랜 시간 만날 수 없었다. 심지어 연을 끊으려고도 했었다. 하지만 20년이 가까이 흘러 지금은 함께 살게 되었다. 서로 바빠서 많은 시간을 함께할 수는 없지만, 그때의 어머니를 이해할 수 있게 되었다.

지금은 굳이 어머니의 옷을 끌어안고 잠들지 않는다. 오래 볼 수는 없지만, 하루에 1번 정도는 어머니를 안을 수 있다. 또 하루에 1번 정도는 어머니의 음성을 들을 수 있다. 이 시간이 참 소중하다. 이 시간이 길었으면 좋겠다.

그러나 이런 날도 있다. 나는 잠귀가 어두워서 잠들면 누가 업어 가도 모른다. 그런데 요새는 매일 새벽에 깬다. 어머니가 아침을 준비하는 소리가 요란하기 때문이다. 처음에는 지진이 난 줄 알았다. 그릇이 깨지는 소리, 철이 부딪히는 소리. 그 소리에 놀라서 내 심장이 쿵쾅쿵쾅 뛰는 소리. 한번은 어머니에게 이렇게 말한 적이 있다.

"조금 살살 준비하면 안 될까? 아들이 잠을 못 자네."
"뭐가 시끄럽다고 난리냐? 음식 준비하는 것이 다 그렇지."
괜히 혼만 났다. 1시간 조깅을 다녀오면 어머니는 출근하셨고, 맛있는 음식이 준비되어 있다.
"집밥이 참 맛있네."
내 입맛은 어머니에게 길들어 있나 보다. 간이 딱 맞다. 어머니가 해놓은 반찬을 다 먹으면, 어머니는 또 아침에 전쟁을 치른다.

"네가 밥을 먹어줘서 참 좋다. 더 자고 싶은데, 새벽부터 준비하고 싶어지네."

이런 어머니의 마음을 모르고, 시끄럽다고 뭐라고 했으니, 욕을 먹어도 할 말이 없었다. 정작 어머니는 아침을 드시지 않는다. 손수 간 미숫가루 한잔이면 아침이 뚝딱이다. 나도 그렇게 간단하게 먹는 것을 좋아한다. 하지만 어머니는 내가 집에만 들어오면 무엇인가 만든다. 피곤하다고 하시면서, 하기 싫다고 하시면서, 말과 다르게 사랑의 반찬을 뚝딱뚝딱 만드신다. 오늘도 아침 만드는 소리에 나는 잠을 깬다.

오감은 안다 ••••••••••••••••••••••••••••••••••

20대 여 **정희경**

　반나절 동안 얼굴을 비추었던 햇볕이 스르르 사라지며 잔잔하게 흔적만 남아있는 시간. 그 시간이 주는 여유로움과 포근함은 모든 걱정과 고민을 사라지게 한다. 안양천 산책길의 조금은 비릿한 물 내음. 앞에 있는 우거진 여러 풀. 바람이 주는 시원함은 발걸음을 가볍게 한다. 그리고 이 시간에 우리 가족은 안양천으로 산책하는 것을 좋아한다. 산책하는 동안 못다 한 이야기를 나누며, 서로를 더 이해하는 시간을 갖는다.

　엄마와 산책할 땐 항상 같이 손을 잡고 걷는데. 평소와 다르게 엄마의 손이 꽤 거칠게 느껴져 얘기했다.

　"엄마 핸드크림 발라."

　"발라도 똑같아. 나도 너처럼 아기 같은 손을 가졌었는데…."

　"그러니까. 핸드크림 더 많이 발라 손 아프겠다."라며 가볍게 말을 건넸지만. 엄마가 지내왔던 흔적들이 손에 묻어있는 것으로 생각하니 한편으로는 짠하기도 하고 고맙기도 했다.

예전엔 세탁기에 빨래를 빨면 자연스레 좋은 향이 나는 것인 줄 알았다. 집 안 가득 풍기는 섬유유연제 냄새에 기분이 좋았다. 우리 집 이불은 빨래하고 나면 옷과는 다르게 유독 더 좋은 냄새가 났었는데. 엄마에게 그 이유를 물어보니 햇볕에 말려서 햇볕 냄새가 나는 것이라고 말해주셨다.

2020년 3월 자취를 시작한 지 얼마 되지 않았을 때. 이불 빨래를 한 뒤 옥상에 이불을 말렸다. 몇 시간 뒤에 이불을 챙기러 올라가니 이불이 바닥에 떨어져 있었다. 설상가상으로 햇볕도 별로 들지 않던 날이라 뽀송뽀송하게 마르기는커녕 이불에 먼지가 붙어있었다. 당연히 햇볕 냄새는 없었고 속상한 마음에 대충 털고 가지고 내려왔다.

이불을 빨래할 때 시간 맞춰 널고, 걷어오는 모든 과정에 엄마의 신경이 쓰이지 않은 곳은 없었다. 햇볕의 냄새에는 엄마의 노력도 묻어있다는 것을 깨달았다.

◆ 당신의 오감이 기억하는 것은?

그래도 괜찮아, 가족이니까!

부모님도 어릴 때가 있었다

———————

우리가 부모가 됐을 때 비로소
부모가 베푸는 사랑의 고마움이
어떤 것인지 절실히 깨달을 수 있다.

- 헨리 워드 비처 -

부모님도 어릴 때가 있었다 •••••••••••••••••••••

50대 남 **성정민**

아버지를 알고 싶었다. 아버지를 안다는 것은 나의 뿌리를 아는 것이다. 이렇게 다짐해본다. '어떻게 하면 내가 전해 줄 뿌리를 튼튼하게 할수 있을까?' 아버지 살아생전에 궁금하던 이야기를 물어보며 조금씩 알아갔다. 지금은 물어볼 아버지가 계시지 않는다. 아버지의 어린 시절을 찾기 위해 큰아버지와 연락했다. 조카가 던지는 질문에 겸연쩍으셨는지 말을 아끼셨다. 먼저 세상을 떠난 동생이라 좋은 모습만 보여주고 싶으셨나 보다.

아버지는 5형제 중에 넷째이다. 세분의 형님과 한 분의 동생이 있다. 아버지가 네 살 때 막냇동생이 태어나고 얼마 후에 할아버지가 돌아가셨다. 생전에 아버지는 할아버지에 대한 기억이 거의 없다고 하셨다. 아빠라고 불러야 할 대상이 없는 것이다. 나의 딸이 태어나고 옹알이하다가 처음 말을 했을 때가 생각난다. 분명히 '아빠'였다. 아내에게 "여보 봤지? 나한테 '아빠'라고 했어. 야! 아빠를 먼저 말하다니." 하면서 기뻐하며 딸을 안고 방을 빙빙 돌던 기억이 생생하다. 그런데 아버지는 '아빠'

라는 이름을 불러 본 적이 없다. 아버지에게 '아빠'라는 이름은 얼마나 불러 보고 싶은 이름이었을까? 생각해보면 아버지는 참 안쓰럽다. 내가 태어나고 처음으로 '아빠'라고 했을 때 아버지의 마음은 어땠을까?

아버지의 어린 시절 동네는 약 170호 정도의 큰 동네였다. 이 씨 문중이 많고 이 씨의 세력이 커서 다른 집은 이 씨 집안의 눈치를 보며 살던 때였다고 한다. 당시에는 보릿고개를 지냈다고 했다. 밥 굶는 사람들이 많았던 시대였다. 할머니는 대장부이셨다고 한다. 젊은 나이에 남편을 여의시고 홀로 5형제를 키우신 분이시다. 키도 크시고 힘이 좋으셔서 곡식 80kg을 번쩍 들으셔서 옮기셨다고 한다. 여장부 할머니와 5형제는 이 씨 문중의 눈치를 보지 않고도 살았다. 그 시대에 쌀과 보리를 섞어서 밥을 하고 끼니를 걱정하지 않는 큰 부자는 아니지만 부족함이 없이 자라났다고 한다. 아버지의 국민학교 시절에 친구들과 사이가 좋았고, 친구들을 잘 이끌어주던 아이였다고 한다.

아버지는 사람을 참 좋아하고 친구에게는 아낌없이 주는 의리가 있는 사람이었다. 친구들 사이에는 인정받는 사람이었다. 총무 일을 맡으면 많은 사람이 참여하도록 역할을 하시고 회비도 잘 모이게 하시는 재능이 있으셨다고 한다. 감성이 풍부하시다. 노래를 참 좋아하시고. 젊으셨을 때 영화사에서 일하시면서 인생을 즐겼다.

큰아버지 표현에 의하면 동생은 "풍류 생활을 즐기던 사람"이라고 하셨다. 집에 가전제품 중에 전축과 레코드판은 언제나 있었다. 오토바이를 타고 다니셨으며 낚시를 잘하고 엄청나게 좋아하셨다. 큰아버지께서는 "아마 다른 사람들처럼 집안 형편이 어려웠으면 죽기 살기로 열심히 해서 기술도 배우고 했을 텐데 우리 집은 가난하지 않아서 동생이나 우리가 세상살이를 태만하게 살았어!"라고 하셨다.

아버지의 외모는 잘생기셨다. 상 남자의 모습이다. 키도 크고 덩치도 크고 눈썹도 진하다. 그런데 웃지 않으면 화가 난 듯한 인상이다. 그렇지만 아버지가 손자들이 어릴 때 안고 웃으시던 모습이 떠오른다. 어릴 적 아빠를 만난 적이 없었던 아버지…. 지금 생각해보니 아빠에 대한 그리움이 채워지지 않은 빈자리가 남아서 어린 손자들을 보시면 그렇게 해맑게 웃으셨나 보다. 아버지의 웃는 모습은 천진난만하다. 지금도 그 웃음이 그립다.

부모님도 어릴 때가 있었다

50대 여 **엄해정**

나는 아버지의 어린 시절을 모른다. 누구에게서도 들어 본 적 없다. 아버지의 형제가 6남 3녀이기는 하지만 누구도 아버지의 어린 시절을 말해주지는 않았다. 다들 힘든 시기를 어렵게 살아오시면서 어린 나를 앉혀 놓고 그런 이야기를 자분자분해줄 만한 여유가 없으셨을 것이다. 그렇게 아버지의 흔적은 내게 남은 8살 아이의 희미한 기억만 자리할 뿐이다.

엄마의 어린 시절은 또 어땠을까?

엄마는 훈장님 댁 남매의 큰 딸로 자라셨단다. 외할아버지는 독자이셔서 가족이나 친척이 주변에 별로 없으셨다. 엄마의 그 시대 때는(1930년 1월 15일생) 여자는 글을 배우면 팔자가 세진다고 글을 안 가르쳤다고 한다. 그러나 외할아버지께서는 여자도 배워야 시집가서 친정에 편지라도 한다고 엄마를 앉혀 두고 천자문을 가르치셨다고 했다. 엄마는 시골에 사셨지만. 천자문도 다 외우고 불경도 모두 외우고 하실 정도로 머리가 좋으셨다.

외할아버지는 갑자기 편찮으시다가 1년 만에 돌아가시면서 다복하기만 하던 외갓집에 우환이 생기기 시작했다. 엄마는 14살. 동생은 10살. 그리고 1년 후 외할머니도 갑자기 몸이 아프시더니 돌아가셨다고 한다.

그 어린아이가 졸지에 고아가 되어 세상을 살아가려니 얼마나 외롭고, 힘이 들었을까. 그렇게 어린 동생과 남의집살이 하면서 살아가다가 6·25전쟁이 났다고 한다. 밤에는 숨어 지내고 낮에는 남의 집 일을 하면서 살아갔다고 했다. 엄마의 고향은 전남 장흥군 유치면이다. 그곳은 깊은 산중 동네로 6·25 때 빨치산의 본거지이기도 했다고 한다.

그날도 낮에 군인들이 모여 앉아 놀고 있다가 외삼촌이 나타나자 "너 노래 잘한다며. 노래 한 번 불러봐"라고 하면서 노래를 시켰다고 한다. 앞이 안 보이는 외삼촌은 군인인지 빨치산인지도 모르고 빨치산이 가르쳐준 노래를 군인 앞에서 불렀다고 한다. 그러자 군인은 빨치산 노래를 불렀다고 총으로 쏴서 그 자리에서 즉사시켰다고 한다.

그 모습을 본 엄마는 너무나 큰 충격에 고향을 떠나 서울로 올라갔다고 한다. 먼 친척분의 소개로 남의 집 식모살이로 들어가서 생활을 하며 살았다고 하셨다. 오뉴월 서릿발 같은 한과 서러움. 억울함으로 세상을 살아오시다가 아버지를 만나 겨우 10년 살아보고 또 남편을 저세상으로 보내셨다. 글을 쓰다 보니 엄마의 힘든 어린 시절과 나의 어린 시절이 닮아있었다는 것을 발견하게 된다. 그래서 엄마의 삶을 내가 따라갈까 봐 불안한 마음이 있었다. 그러나 다행히도 오늘에 이르기까지 여유와 풍요로움으로 주변을 잘 보살피며 살아가고 있다.

엄마의 어린 시절을 들었던 대로 회상하여 적다 보니 그럼에도 불구하고 살아내신 엄마의 기막힌 삶과 한 여인의 생명체와 경이로움에 위로와 감사와 존경을 보낸다.

50대 여 **김경순**

아빠는 집에서 도시락 싸들고 학교에 간다고 나서서는 소리하는 사람들이 모여서 장구나 북을 치는 곳을 훔쳐보거나 아예 배우셨다고 한다. 일 년 중 정월에 지신밟기나 백중날이나 꽃상여가 나갈 때 상여 앞에서 종을 치며(땡그랑, 땡그랑) 구성지게도 소리를 하셨고. 설장구나 꽹과리를 참 잘 치셨다. 공부도 안 하시고 학력이 없으셔서 살아가는 요령도 잘 모르시는 것 같았다. 할머니 할아버지가 돌아가시고 아빠 몫으로 남겨 준 논밭까지 큰아버지는 노름으로 잡혀서 모두 날려 먹고 아빠까지 팬티 바람으로 내보냈다 하셨다. 나올 때는 여동생도 데리고 나오셨다고 한다. 그 옛날에도 남의 집에 셋집을 사는 문화가 있었는지 그렇게 사셨다고 한다.

엄마는 천석꾼집 둘째 딸이셨다. 어려서부터 그 많은 농사일과 일꾼들 밥하는데 거들면서 자랐다고 하셨다. 그때를 생각하면 징글징글하다고. 머슴들이 여럿 있어도 여자들이 하는 일은 끝도 없이 많았다고 한다. 둘 있던 외삼촌은 고등학교까지 공부를 하셨고, 엄마는 10살에 초등학교를 입학해서 3학년까지 일본말을 배웠고 4학년이 되면서 해방을 맞았다고 하셨다. 해방 이후에 한글을 배우기 시작했는데 여자가 공부를 많이 하면 친정으로 편지질한다고 그 시대에는 여성들에게 교육을 많이 하지 않았다고 한다.

엄마는 유년시절의 기억이 별로 없다고 하셨다. 이모님께 들은 이야기로는 외할아버지가 폭군이셨다고 한다. 낮에 일꾼들에게 일 시켜놓고 술을 말술로 마셔대고. 밤이면 술기운으로 할머니와 이모 엄마를 머리채를 잡아서 끌고 다니고 때리고 문밖으로 쫓아내고 문을 잠가버렸단다. 집안에서는 머슴들을 시켜서 닭을 잡게 하고 삶아 오라고 시켜놓고서 기다리다가 먹지도 못하고 곯아떨어지셨다고 한다. 그러고 나면 머슴들이 문을 열어줘서 집에 들어간 일들이 많았다고 하셨다.

그래서일까? 엄마는 어린 내가 봐도 주도적으로 뭘 하지 못했다. 늘 아버지 허락이 있어야 일을 하시곤 했다. 어릴 적 가정폭력으로 인해 외할머니도 엄마도 정말 말이 없으신 편이다. 목소리도 작으시다. 문자 그대로 복종주의다. 그래도 엄마는 소리 없이 지금까지 무던하게 삶을 잘 살아오셨다.

부모님의 젊은 시절 가정이 힘들게 산 이유는 큰 고모네가 사업을 하셔서 돈을 빌리러 왔었다고 한다. 세 살면서 집 사려고 모아놓은 돈을 아빠가 빌려주라 하셔서 빌려줬는데 그 길로 돈은 돌아오지 않았다고. 엄마가 너무 서러워서 아버지에게 드린 말씀 한마디. 달팽이도 집이 있는데 사람이 집 없이 어떻게 살라고 그러냐고 속으로 참 많이도 우셨다고 한다. 내가 결혼해서 아이가 초등학교에 다니던 시절 그날 이후 큰고

모를 처음 본다고 하셨다. 떳떳하지 못하시니 동생 집에 올 수도 없고, 엄마는 그런 고모가 불쌍하다고 하셨다.

평상시 우리 아빠 늘 하시던 말씀 "이 하늘 아래 너희 엄마 같은 사람 없을 것이다." 그런 엄마가 내 엄마라서 난 너무 좋다.

부모님도 어릴 때가 있었다

40대 여 **이윤정**

아버지는 비교적 부유한 환경에서 성장하셨다. 배움의 깊이가 깊으셨던 아버지와 평범한 가정주부인 어머니. 나이 차가 많이 나는 누나. 형과 함께 어린 시절을 보내셨다. 친할아버지는 타지에서 생활을 오래 하셨고, 친할머니는 병약하셔서 세심하게 자녀들을 돌보지는 못하셨다. 친할아버지는 품위가 있으셨지만, 어린 아버지에겐 너무 높이 있는 분이셨다. 아버지에게 인정받고 싶은 만큼 아버지와 멀어졌다고 하셨다. 그 시절의 아버지들이 그랬던 것처럼, 친할아버지께서도 큰아들에게 많은 것들이 쏠려 있으셨다. 그리고 그 기대에 부응하듯, 큰아들은 눈에 보이는 많은 것을 성취하는 어른으로 성장했다. 그러나 나의 아버지는 달랐다. 매사에 자신감이 없었으며 막연한 무언가에 항상 열등감을 느끼는 어른으로 성장했다. 가족들에 대한 나름의 애틋한 사랑이 있으셨지만, 가족 안에서 안정과 사랑을 느끼지 못하셨고 그들 사이에서 '주변인'이 되셨다. 누구보다 많이 배운 분이셨지만, 마음속의 공허함은 그런 것으로 채워지지 않았다.

어른이 되고 나서 아버지의 어린 시절을 종종 떠올려보았다. 어린 아버지가 힘들었을 것 같기도 하다. 마음이 가난하면 힘이 드니까… 누군가에 의해서가 아니라 스스로에 의해 고달픈 삶을 살아가는 이들도 있으므로. 아버지의 많은 부분을 이해하는 데 오랜 시간이 걸렸지만. 나 역시 아버지의 많은 부분을 닮았으므로 누구보다 드러내기 힘들었을 속사정이 조금은 이해된다. 아마 아버지는 누구보다 유망주가 되고 싶으셨던 것 같다. 아버지가 스스로 정해놓은 것들에 부합되는 삶을 살지 못하셨더라도. 힘들었을 많은 시간을 견디고 선방한 아버지의 젊은 날들을 온전히 이해하고 싶다.

이제는 아버지를 사랑하고 싶다.

어머니는 이남삼녀의 장녀로 태어나셨다. 한없이 자상하고 따뜻한 아버지, 생활력 강하고 특히 자녀들 교육을 열심히 하셨던 어머니. 힘들었지만 서로에게 힘이 되어주었던 형제들과 함께 어린 시절을 보내셨다. 그 시절에 드물게 사랑 많이 받는 딸이었던 어머니는 자신이 받은 사랑을 그대로 동생들에게 전해 주었고, 지혜롭고 자존감 높은 어른으로 성장하셨다. '배움의 기회는 아들. 딸 상관없이 누구에게나 주어져야 한다.'라는 신념을 가지셨던 부모님 덕분에 어려운 환경에서도 마음 편히 공부하고. 마침내 적성에 맞는 직업을 가질 수 있으셨다.

외할머니 외할아버지는 어머니 곁에서 오래도록 함께하셨다. 어머니는 두 분이 힘드시거나 외로우실 때 언제나 먼저 찾는 자식이었고. 어린 시절에 받은 부모님의 사랑에 화답하듯 두 분의 곁에 오래, 자주 있으셨다.

언젠가 어머니의 어릴 적 가족사진을 한참 동안 들여다본 적이 있다. 흑백사진 속 그들의 모습을 처음 보았을 때가 잊히지 않는다. 젊은 외할머니와 외할아버지. 어린 엄마와 엄마보다 훨씬 어린 이모와 삼촌들이 서로의 손을 잡고 환하게 웃고 있었다. 그들의 맞잡은 손은 말로 표현할 수 없는 것을 나에게 말하고 있었다. 오래도록 함께이길 바래본다.

부모님도 어릴 때가 있었다

40대 남 **김주연**

'밥은 안 먹고 술만 마시면, 언젠간 죽겠지.'

이런 생각으로 하루하루 버티며 살아가는 30대 후반의 남자가 있다. 이 남자는 삼 형제 중 둘째로 태어났다. 장남은 장남이니까, 막내는 막내니까 공부해야 한다는 주변 어른들의 말을 그냥 따랐다. 형과 동생은 서울에서 대학 공부할 동안 자신은 시골에서 중학교 졸업도 못 했다. 병 수발 들던 어머니가 돌아가시고, "이 촌구석에서 뭐 하러 그따구로 산다냐? 너두 상경해라."라는 작은어머니의 말을 듣고는 처음으로 서울 땅을 밟았다. 반 거지 생활을 전전하던 남자는, '배는 곯지 않는다.'라는 말에 군대에 입대한다. 대학생이었던 형을 대신해서. 당시에는 이 말도 안 되는 이야기가 가능한 시절이었다.

군 제대 후, 각종 물건을 도매해, 소매하는 일을 했다. 이때 자본금이 없던 남자는 도매상에게, "물건 살 돈이 없으니까, 물건 먼저 주면 팔아서 줄게요!"라는 말도 안 되는 '억지'를 부렸다. 그래서 '김억지'로 통했다. 사업 수완은 있었다. 남자는 억지 부려 받아 온 물건들을 많은 이익을 남겨 팔았다. 십여 년간 엄청난 돈을 벌었다. 하지만 원래가 없이 살던 사람이라 그런지. 그 많은 돈을 관리할 줄 몰랐다. 향락에 젖어 살던 남자는 당연한 결과를 맞이했다. 요즘 말로 '폭망'. '폭망'한 남자는 죽기를 각오하고 술만 마셨다.

여자는 18살에 서울로 상경했다. 가족의 귀여움을 독차지하는 11남매의 막내가 아니었다면. 서울로 못 올라왔을 것이다. 하지만 넉넉지 않았기에 국민학교 졸업이라는 학력은 평생 그녀를 쫓아다니는 인장이었다. 꿈에 그리던 서울에 왔지만. 마땅히 할 일이 없었다. 할 줄 아는 일도 별로 없었지만. 뭘 하려 해도 국민학교 졸업이라는 학력이 가로막았다. 정말 어렵사리 재봉틀 공장에 취직했다. 하지만 본격적으로 사회생활을 시작한 지 얼마 지나지 않아. 그 귀한 일자리를 그만두었다. 죽기를 작정하고 맨 날 술만 마시는. 19살 연상의 남자를 만나 임신하였기에.

죽기를 작정했던 남자는 여자가 자신의 아이를 임신한 사실을 알게 되었다. 그리곤 죽을 생각을 거두었고 하나의 깨달음도 얻었다. '밥 대신 술을 마셔도 죽지 않는다. 술만 세진다.'
새로운 환경과 새로운 각오로 열심히 살아간 남자와 여자는 첫 딸을 낳은 지 3년 뒤 둘째 아들까지 얻게 된다. 그리고 둘째 아이에게 '김주연'이라는 이름을 붙여준다.

1940년생과 1959년생. 19살의 나이 차이. 아직 나는 이 이상의 나이 차이 나는 부부는 못 봤다. 나는 이렇게 차이 나는 우리 부모님을 보고 자라며 이런 생각을 했다.

'이 정도 나이 차이가 나더라도 결혼을 할 수 있구나.'
'사랑에는 국경도 없다더니. 나이 차이도 없구나.'
'부부의 나이 차이는 너무 크면 안 되구나.'
'사랑 없이도 부부일 수 있구나.'
'부부는 원래 이렇게 많이 싸우는 사이구나.'

"두 분의 결혼 생활이 어떠했는지는. 제가 감히 판단할 수 없습니다. 어떠했었든. 두 분께서 부부의 연을 맺은 덕분에 제가 세상에 태어났습니다. 감사합니다."

부모님도 어릴 때가 있었다 ·······················

40대 여 **이루미**

상견례 때의 일이다. 아빠는 시아버지 될 분에게 나에 대한 이야기들을 하셨다. 늘 대놓고 날 아끼고 칭찬하는 건 엄마 몫이었고, 아빠는 속으로 아껴주는 분이었는데 그날은 달랐다. 내가 아빠에게 어떤 존재이고 의미인지 한 마디, 한 마디에 정성을 들여 말씀하셨다. 딸을 보내는 입장에서의 아빠 마음이었으리라. 감동이었다.

그런 아빠가 나의 첫째 딸 돌잔치 대신 다른 일을 보러 가셨다. 이해할 수 없었다. 딸로 있을 땐 몰랐는데 결혼해서 보니 아빠의 모습이 이해 안 되는 부분들이 보였고 서운함도 생겨났다. 오빠들에겐 엄격하셨던 아빠라지만 나 키울 때쯤엔 안 그러셨는지 아빠의 엄함은 내 기억 속엔 없다. 그렇기에 다른 언니 오빠들은 하지 못하는 말들도 나는 아빠에게 어려움 없이 이야기할 수 있었다. 그 날도 그랬다. 다 듣고 나시더니 아빠는 내 맘은 네가 생각하는 것과 다르다며 "알았다"하고 끊으셨다.

그 이후 그리 예뻐하시던 막내 얼굴을 보지 않으시려 했다. 가면 피하셨다. 후회는 했지만, 아빠께 나의 말들이 상처가 되었다는 것은 몇 주 후 아빠의 어린 시절 이야기를 듣고 알게 되었다. 아빠가 세 살 때 아버지가 돌아가시고 홀어머니 아래서 외아들로 자라셨다는 사실은 생전 처음 듣는 이야기였다. 왜 이제껏 몰랐을까? 지금이라도 잘 알고 그 마음을 헤아려 드리고 싶어 물었다.

"세 살 때부터? 아빠 힘드셨겠다. 세 살 때부터 아빠가 안 계시면 그 삶은 어떻지?"
"들에 난 잡초지…. 잡초."

더 이상 묻지 않아도 이야기해주신 것만으로도 아빠의 삶이 충분히 느껴졌다.

아빠 없는 하늘 아래 사시던 분이 이렇게 오랫동안 아빠 자리를 지키기 쉽지 않았을 텐데 무에서 유를 창출하신 거다. 아빠는 어디서 아빠 되는 걸 배우셨을까? 어린 나이 때부터 소년 가장 노릇 얼마나 힘들고 서러웠을까?

엄마의 어린 시절을 많이 듣진 못했지만, 아빠보다는 유복했고 부모님도 다 살아계신 가운데 세 딸 중에 막내로 사랑을 많이 받았다고 하셨다. 늘 '우리 막내, 우리 막내' 하면서 나를 자신과 같은 막내라며 참 좋아하셨던 엄마는 아빠의 사랑 방식과는 달랐다. 엄마는 늘 곁에 있는 사랑이라면, 아빠는 거리를 두는 사랑이었다. 온 가족이 모일 때면 식사 후 엄마는 같이 앉아 도란도란 이야기를 나누시지만. 아빠는 바로 안방으로 들어가셨다. 아들딸들이 모이는 걸 누구보다도 좋아하시는 아빠이지만 대화를 많이 하시진 않으셨다. 외아들로 외롭게 자란 아빠는 북적거리는 그 모습 자체로 뿌듯해하셨다.

아빠는 이처럼 누리지도 받지도 못하던 것을 우리 자식들에게 내어주며 최선을 보여주시고 있었던 것이다. 그 사랑에 불만을 늘어놓는 딸 앞에서 아빠는 얼마나 기운이 빠지시고 속상하셨을까? 그 정성을 알고부터는 부모님께 느끼는 마음은 감사뿐이다.

부모님의 어린 시절을 안다는 건 자신을 뿌리부터 이해하고 사랑하는 일임을 알았다.

부모님도 어릴 때가 있었다

30대 여 **임소라**

엄마의 어린 시절 이야기를 듣고 엄마 입장에서 글로 써보았다.

어둠이 내려앉은 시골은 을씨년스러워 혼자 화장실도 못 갈 정도이다. 오늘도 엄마, 아빠는 밭일하고 해 질 무렵 돌아오셨다. 엄마의 한 섞인 잔소리가 시작되면 비로소 엄마의 고단한 하루가 마무리되어 가는 것이다. 난 부모님이 오시기 전까지 해야 할 일들로 바쁘다. 방, 툇마루, 마당을 빗자루로 쓸고 걸레를 빨아 방을 닦아놓는다. 일하고 온 엄마에게 깨끗하고 깔끔한 모습을 보여드리는 것이 일을 덜어 드리는 것 같다. 그래서 씻기 싫어하는 동생들을 타일러 씻긴다. 오늘은 유난히 부모님이 늦으셔서 동생들 저녁까지 먹인다.

이게 끝이 아니다. 내일 아침에 써야 할 물을 미리 준비해야 한다. 집에 우물이 없어 옆집의 물을 퍼 큰 대야에 붓기를 반복한다. 누구는 대야의 반절만 담아도 된다고 하지만 난 대야의 끝부분까지 찰랑찰랑 차오르게 물을 담아 놓아야 편안하다. 그 모습을 보면 알차게 보낸 내 하루와 같아서 기분이 좋다.

모두 잠자리에 들 시간 엄마는 날카로운 목소리로 감자를 깎아놓지 않았다고 혼내신다. 놀지 않고 나도 온종일 일했는데 그걸 몰라주는 엄마가 야박하다. 거기다가 잠을 자지 말고 감자를 모두 깎아놓으라고 하신다. 너무 서럽다. 나도 다른 아이들처럼 놀고 싶은데 그 마음을 모르시고 잘한 일은 칭찬 안 해주시고 하지 않은 일만 이야기하신다. 그날 감자를 모두 깎고 잠을 잤다. 마침내 나의 하루도 마무리된다.

외갓집에 갈 땐 왜 그런지 모르겠지만. 엄마는 안 가시고 아빠가 우리를 데리고 갔다. 아빠와 외갓집 방문은 재미있는 기억으로 남아있다. 외갓집에 가면 큰할아버지댁에서는 밥을 먹고, 둘째 외할아버지댁에서 또래들이 놀러 오라고 하니 나는 바빴다. 어떤 날은 또래 아이들과 밤에 마을을 돌아다니며 담을 넘다 우물에 빠질 뻔한 적이 있다. 얼마나 놀랐는지 다리에 힘이 풀려 한동안 주저앉아 있었다. 집에 있으면 일을 해야 하는데 외갓집에 가면 또래 아이들과 놀 수 있어서 참 좋았다. 해맑고 천진난만한 아이로 있을 수 있어 참 좋았다.

21살 난 서울에서 일하고 있었다. 연휴 기간이라 시골집으로 내려와 집에 있는데 친구들이 찾아와 함께 마실 나가자고 한다. 우리 마을에서 예쁜이들로 불리는 우리는 오랜만에 만나니 너무 반가웠다. 옆 마을 사람들과 함께하게 되었는데 거기서 운명의 짝을 만났다. 그 사람과 있으면 공주가 된 기분이고 시간이 가는 줄 모를 정도였다. 미래를 상상해보기도 했다. 그렇게 시간이 한참 흘러 그 사람은 우리 집에 인사를 왔다.

당당하면서도 재치 있는 청년의 모습에 내 마음은 콩닥거리고 얼굴은 붉어졌다.

그 사람은 나와 17년을 살고 하늘나라로 갔다. 함께 하는 시간 속을 썩인 적도 많았지만 나를 사랑해준 사람이었다. 그 사람이 언제나 보고 싶고 그립다.

부모님도 어릴 때가 있었다

30대 남 **황준연**

20살이 넘어, 앨범을 본 적이 있다. 아주 예쁜 사람이 나를 안고 있었다. 엄마였다. 사실 오랜 시간 동안 나는 그 사람이 누나라고 생각했다. 정확하게는 사촌 누나. 사촌 누나의 얼굴과 우리 엄마가 얼굴이 어떻게 이다지도 닮았을까? 참 신기하다.

생각해보면 어머니도 나만 할 때가 있었다. 나보다 더 어린 날도 있었다. 미래를 고민했을 것이다. 아버지와 결혼했을 때, 어머니의 돈으로 처음 집을 구했을 때, 나를 낳았을 때, 그리고 어쩔 수 없이 나와 헤어져야 할 때.

부모님의 별거 중에도 종종 어머니를 만났다. 고기를 사주시면서 안부를 물었다. 그 어머니의 얼굴이 잘 기억이 나지 않는다. 자주 못 봐서일까?

이제 어머니가 했던 고민을 내가 해야 할 때가 왔다. 그때 어머니도 이렇게 막막했을까? 사진 속에 어머니는 웃고 있지만, '얼마나 힘들었을까?'라는 생각이 든다. 철이 드는 것일까? 어머니가 늘 웃었으면 좋겠다. 늘 행복했으면 좋겠다.

아버지의 어린 날은 어땠을까?
"아! 네가 아들이구나? 참 닮았네."

너무 일찍 가버리신 아버지, 이제는 사진으로만 뵐 수 있다. 마지막 모습까지 생각나는데. 다시 볼 수 없음이 참 안타깝다. 아버지는 새어머니께 정말 많이 맞았다고 한다. 매일 나무를 하고, 밥도 제대로 먹지 못하는데. 그 와중에 매일매일 혼이 났다고 한다. 그래서일까? 나에게는 고모, 그러니까 여동생들을 괴롭혔다고 한다. 지금도 가끔 고모들이 그때의 이야기를 할 때는 참 어색하다.

사진을 제외하고는 추억이 거의 없다. 공장에서 근무하셨고, 야근은 물론 집을 자주 비우셨다. 몇 번 정도 그 공장에 가봤는데. 대구에서 몇 시간이나 걸렸던 것으로 기억한다. '매일매일 홀로 이 길을 가셨구나.' 싶었다. 정확한 지명은 알지 못한다.

사진을 참 좋아하셨다. 그래서 아버지의 사진과 내 사진은 많다. 살아계셨더라면 훨씬 많은 사진이 남았을 텐데. 디지털카메라를 정말 좋아하셨을 텐데. 아니 DSLR을 구매해서 여기저기 사진을 찍으실 것만 같다.

어느새 아버지의 나이가 되어간다. 아버지가 나와 같은 어린 시절과 청년 시절을 보내고 또 지금의 시간을 보냈다는 것 퍽 와 닿지는 않는다. 살아계셨더라면 지금 나의 고민을 나눌 수 있을 텐데…. 그럴 수 없어서 아버지가 있는 친구들이 참 부럽다. 그 존재 자체가 나에게는 부러움이다.

부모님도 어릴 때가 있었다 ·

20대 여 **정희경**

친할머니댁에 놀러 갔을 때 할머니께서 낯선 사람들의 사진을 보여주셨다. 아빠의 어린 시절 사진들과 가족사진이었다. 젊은 할아버지와 할머니, 어린 고모와 아빠의 모습은 처음 봤는데. 흑백영화 포스터 같았다. 아빠는 바가지머리에 표정엔 장난기가 가득했고 밖에서 열심히 뛰어노는 듯한 모습이었다. 마치 동생의 어린 시절과 비슷했을 것 같다.

아빠의 학창시절이 어땠는지 자세히 모르지만. 친구들과 어울리기 좋아하고 돋보이기를 좋아했을 것 같다. 기억 속에 있는 아빠의 고등학교 시절 사진이 있는데 소위 말하는 인싸의 향기가 났다.

엄마는 어릴 때 대가족 내에서 자라왔다고 들었다. 외할머니댁에 있는 엄마의 가족사진을 봤는데. 다들 약속이나 한 듯이 무표정으로 찍은 사진이 기억에 남는다. 사진 찍는 것이 어색했던 탓인지. 그 당시에는 무표정으로 사진 찍는 것이 유행이었는지는 모르겠지만 지금의 사진과는 사뭇 다른 분위기였다.

외할머니댁에 가면 삼촌과 엄마의 어린 시절 얘기를 종종 듣는데. 그 중 하나는 엄마가 삼촌을 괴롭히는 친구들을 찾아가서 대신 혼내주기도 했다고 들었다. 전체적으로 엄마는 꽤 당찬 학생이었던 것 같다.

엄마는 대가족 내에서 지냈고, 외할머니는 일하시느라 바쁘셔서 엄마를 챙겨주기에는 어려우셨다. 그리고 개인 방도 없이 지내셨다고 했는데. 본인의 방이 없다는 것이 얼마나 답답하셨을까 싶다. 그래서 이러저러한 이유로 엄마는 일찍 독립하고 싶어 하셨다.

아빠와 함께 군 복무를 하던 삼촌의 소개로 엄마와 아빠가 만나게 되었다. 엄마 아빠의 결혼사진이 집에 걸려있는데. 지금 보면 무척 앳되고 풋풋하다. 어린이 시절 내 눈에도 엄마의 진한 화장이 어색해 보였는지 엄마한테 화장이 너무 진한 것 아니냐며 물어봤다. 엄마는 그땐 저런 화장이 유행이었다고 한다.

어릴 때부터 결혼을 일찍 해서 행복한 가정을 꾸리고 싶다는 생각을 많이 했다. 결혼 후 엄마와 아빠는 부모가 처음이라 하나하나 부딪히며 부모가 되어 가는 과정을 배웠을 것이다. 그런데도 엄마 아빠는 나와 동생을 정말 사랑으로 키워주셨다. 가끔 친구들이 "넌 사랑 많이 받고 자란 티가 난다."라며 말해주기도 하고, 나 자신도 그렇게 생각한다.

◆ 당신의 부모님 어린 시절은?

I 2장 I

의미 있는 가정사

내 심장이 울던 날

가정이야말로 고달픈 인생의 안식처요,

모든 싸움이 자취를 감추고 사랑이 싹트는 곳이요,

큰 사람이 작아지고 작은 사람이 커지는 곳이다.

- H.G. 웰스 -

내 심장이 울던 날

50대 남 **성정민**

탈북민들을 돕고 그들을 제자로 세우는 일은 내가 참 좋아하던 일이었다. 고향 땅을 버리고 목숨을 걸고 자유를 찾아온 분들이다. 정이 그리운 분들이라 나의 마음을 다해 섬기고 집집을 다니며 사정을 살펴드렸다. 한 분 한 분 점점 마음을 열어주고 속내를 털어놓으셨다. 얼마나 총명하고 자기표현을 잘하는지 놀라울 따름이었다. 매주 만나고 함께 여행도 가고 북한에서 살아온 이야기를 들으며 친숙해졌다.

그런 상황에서 어이없는 해고를 당했다. 해고당한 뒤 마지막 인사를 하라고 하는데. 해고가 아닌 개인 사정으로 그만둔다고 말하라고 한다. 마지막 인사를 하려고 앞에 섰다. 그분들의 눈빛을 보는데 마음이 시려왔다. 차마 눈물을 보일 수 없어서 꾹 참았다. 해고 이후 내 마음의 충격은 이루 말할 수 없었다. 많은 것을 포기하고 그 일에 전념하였는데 갑작스러운 해고로 인해 정신적인 충격이 왔고, 나의 정신력을 붕괴시켰다. 혼자 참으려고 해보았지만 그렇게 되지 않았다. 침대에 누웠는데 죽을 것 같았다.

그래서 네 명의 자녀를 부르고 마치 죽음 앞둔 사람이 유언하듯이 아빠를 위해 기도해달라고 했다. 아내와 자녀들의 기도 소리를 들으니 내 속에서 울음이 터져 나왔다. 이제껏 그렇게 울어 본 적이 있나 할 정도로 울었다. 아내도 울고 어린 자녀들도 덩달아 울었다. 얼마를 울었을까? 가족이 함께 흘린 눈물에는 상한 마음을 씻어 주는 약효가 있는 것 같다. 그 약으로 상처가 씻겨져 내려갔는지 한결 마음에 힘이 생겨났다. 가족에게는 특별한 힘이 있나 보다. 아내와 네 명의 자녀들 손이 나를 붙들어 주었고, 함께 흘린 눈물이 마음에 난 큰 구멍을 메꾸어 주는 치료제가 되었다.

온 가족이 울던 그 날은 '아빠는 늘 강해야 한다'는 생각이 무너진 날이었다.

또 기억나는 한 장면이 있다.

부산소년원 퇴원생 그룹홈 책임자로 일했을 때 만나게 된 제자로부터 연락이 왔을 때이다. 당시 10여 명의 아들과 함께 살았다. 부산 기억은 참 재미있었다. 함께 4시간씩 축구하고, 수련회 가고, 사건 사고가 늘 터지고 했던 시간이었다. 그렇게 희로애락을 함께하면서 2년을 넘게 살았다.

오랜만에 얼굴을 볼 수 있어서 기대하는 마음으로 갔다. 알고 보니 함께 살았던 아들 세 명이 돈을 모아서 점심 대접을 하고자 했다. 그동안 많은 경우를 볼 때, 남자들은 자기가 좋아하는 사람을 만날 때 자기의 처지가 좀 괜찮아야 만날 수 있다. 특히 퇴원생들의 경우는 더 그러하다. 그런데 아들들이 우리를 부산에까지 초대한 것은 열심히 살고 있다는 표현이기도 하다. 그 점이 나를 뿌듯하게 했다. 아내와 네 명의 자녀 모두를 데리고 갔다.

일찍 도착하여 부산 광안리 바다를 둘러보고 식당으로 갔다. 이제는 30대 후반의 멋진 아빠가 되고 40대 초반의 중년이 된 모습이었다. 식사 후 제자들이 무언가를 건넨다. "사모님. 이거 얼마 안 돼요. 교통비에 보태 쓰세요." 아내는 봉투를 받자마자 눈물이 터졌다. 얼마나 힘들게 번 돈일 줄 알기에 눈물이 그치지 않았다. 나도 눈물이 핑 돌았다. 아들들은 쉽게 돈을 버는 방법을 안다. 백화점에 들어갔다 오면 주머니에 돈이 두둑해진다. 쉽게 돈을 벌 수 있는데. 그 방법을 버리고 땀 흘린 돈으로 음식을 대접하고 여비라고 준비해준 것이다. 정말 대견하고. 자랑스럽다. 잘 성장해 준 제자들이 있어 참 행복하다. 힘들 때 이 장면을 떠올리면 힘을 얻는다. 제자들로 인해 우리의 마음이 한 뼘 자라났다.

제자들로 인한 눈물 한 방울이 몸과 마음의 아픔을 치유하게 해준 날이다.

내 심장이 울던 날

50대 여 **엄해정**

"내가 여기 네 곁에 있어. 시간이 걸리겠지만 점점 나아질 거야."

언젠가 보았던 책의 한 구절이 다가온다. 오늘도 조금은 외로운 모양이다. 그날의 엄마만큼은 아닐 테지만….

그날 엄마는 온종일 울었다. 3일 연속 울었다. 언젠가까지 매일 울었다. 그리고 혼잣말로 매일 중얼거렸다. '나는 어쩌라고, 나는 어떻게 살라고, 저 어린것들은 어쩌라고….' 지금 생각하니 또 가슴이 먹먹해진다. 40대 초반 젊은 나이에 남편을 잃은 여인의 한 섞인 푸념은 서럽고도 서글펐다. 엄마의 슬픈 울음소리에 나도 같이 울었다. 동생은 그냥 따라 우는 거 같았다. 그날은 그렇게 세 모녀가 아버지를 보내드린 날이다. 어린 나이에 아버지의 부재를 온몸으로 느끼며 험난한 인생의 고행 항해가 시작되었다.

엄마는 매번 술이 많이 취한 손님에게 더 이상 술을 줄 수 없다고 했고. 술에 취한 사람은 돈 주면 되는데 왜 안 주느냐고 더 달라고 엄마에게 욕을 했다. 술이 만 땅으로 취한 그 사람과 말싸움 시비가 붙었다. 그 남자는 엄마를 때렸고. 엄마는 살아남기 위해 안간힘을 쓰며 그 남자랑 쥐어뜯고 싸웠다. 그러나 엄마는 장애인이었고. 술에 취해 힘이 더 세진 그 사람을 이길 수가 없었다. 어린 나와 동생은 발을 동동 구르며 울며 붙며 그 남자를 물어뜯고 대들며 "우리 엄마한테 이러지 마세요. 우리 엄마 살려주세요."라고 울면서 맞섰다.

어린 여자아이라서 더욱 더 힘이 없고 어떻게 아무것도 할 수 없는 상황에 목이 터지라 울 수밖에 없었던 무기력함에 더욱 화가 나고 원통하고 분해서 미칠 것 같았다. 그런 일이 있을 때마다 나는 어린 동생을 부둥켜안고 하염없이 울었다. 그런 날이면 엄마와 어린 두 자매는 그렇게 울다가 잠이 들었다.

다음 날 아침 일어나 엄마의 얼굴을 보면 엄마의 눈은 시퍼렇게 멍이 들어있었고 얼마나 가슴이 아팠는지 모른다. 어쩌면 어린아이가 감당하기 힘든 가슴에 슬픔의 응어리가 한이 되어 심장 쪽에 영향을 미쳤었는지 어린 시절 나는 가끔 가슴이 많이 아팠다. 옛날의 시골 생활은 아프면 그냥 참고 지내다가 시간이 지나서 나아지고 또 언제 그랬냐는 듯이 잊어버리고 생활을 하곤 했었다. 성인이 된 지금은 아무렇지도 않게 잘 지내고 있다.

그렇게 힘들던 날, 나는 울면서 다짐하고 또 다짐했었다. 두 번 다시 이렇게 힘이 없는 약한 여자아이로는 태어나지 않겠다고. 내가 다시 태어난다면 힘이 세고 덩치가 큰 남자로 태어나서 우리 엄마를 꼭 지켜 줄 것이라고. 말이 씨가 되었을까? 나는 남들보다 키가 컸고 결혼을 하고 나서도 아들, 아들, 또 아들. 아들을 원 없이 낳아버렸다. 내가 뿌린 말의 씨앗을 수확했으니 소원성취가 된 것이다.

　글을 쓰다가 잠시 멈춘다. 흐르는 눈물을 주체할 수가 없어 이 밤중에 홀로 소리 내어 엉엉 운다. 지금은 엄마를 이해한다. 오직 감사하는 마음만 가득할 뿐. 오직 부처님만 의지하고 한 생을 살아오신 우리 엄마. 올해 93세 거동이 불편하시어 요양원에 입원 중이시다. 코로나 2차 백신 접종 후 코로나 거리 두기가 해제되면 샤를로트 문드리크가 쓴 동화책 『무릎딱지』도 읽어드리고 싶다. 휠체어에 태우고 동네 한 바퀴 돌며 이런저런 이야기하며 엄마를 더 많이 웃게 해드려야겠다.

내 심장이 울던 날 ··

50대 여 **김경순**

지난가을에 남겨두었던 배추밭에는 노란 꽃이 피었다. 그 꽃엔 읍내
에 다녀온다며 긴 생머리와 스카프를 날리며 손을 흔들던 큰언니에 대
한 기억이 사진처럼 남아있다.

겨울 추위가 끝나면 밭이랑 여기저기에 거름이 한 바작씩 부려지고
이내 소가 쟁기를 끌고 지나가면 밭은 거름과 섞이면서 "이랴.""자랴 자
랴 자랴""워 워" 소리와 함께 속살을 드러냈다. 그 배경을 뒤로 하고 오
후 흰 도포 두루마기 갓 차림의 어르신께서 땅을 치며 통곡하셨다. 형
부는 술은 드신 채 마루를 주먹으로 치며 우시고 엄마는 뒤란에서 울고
계셨다.
"니가 그래 일찍 가려고 내게 그래 잘 해줬더나? 아이고 아가!"

내가 본 이 광경들은 언니의 죽음을 직감하게 했다.

교통이 불편했던 70년대 초 전라도와 경상도는 거리는 엄청 먼 길이

다. 언니는 그 먼 곳으로 시집을 갔었다. 잘 지내고 있다며 안부편지도 오고 가고 임신한 소식도 전해왔다. 친정에 왔다가 모진 맘으로 생을 마감한 나의 큰언니. 이유를 알 수 없었다. 아니 누구도 그 이야기는 금기시했기에 모를 수밖에 없었다.

어느 곳에 묻혔는지 궁금했지만 그렇게 생을 마감한 사람은 길가 어딘가에 채와 함께 묻어준다고 들었다. 채에 있는 구멍을 새고 또 중간에 지나다니는 사람이 보이면 다시 새느라 영혼이 돌아다니지 못한다 해서 그리했다 한다. 그 딸을 어딘가에 혼자서 묻고 왔을 우리 아빠. 부모님은 산에 묻고 자식은 가슴에 묻는다고 했던가. 그 이후부터 우리 집엔 눈물과 회색빛 기운이 맴돌았다. 봄이 오면 형부가 오셨고, 우리 가족은 눈물 마를 날이 없었다. 첫딸을 잃고 그 속앓이를 풀지 못해서 들로 산으로 헤매며 아픔을 잊으려고 평생 일만 하신 우리 엄마.

그래서였을까? 나의 유년시절에는 엄마와의 기억이 없다.

언니가 저 하늘로 간 후부터 엄마는 새벽 일찍 나를 깨우시고 일하러 가시면 밤이 되어서야 돌아오셨다. 초등학생인 나는 그렇게 일어나면 가마솥과 부뚜막을 행주로 닦아놓는 것을 시작으로 우물에 가서 물을 받아 잡곡밥을 앉힌다. 국을 끓이고 동생들의 도시락을 싼다. 식구들이 밥을 먹고 나면 학교에 먼저 보낸다. 밭에 계시는 엄마의 밥을 퍼서 된장과 고추장을 반반 섞어서 맛있게 양념을 하고 다라이에 이고 간다. 그러다 마을 위 우물에 가서 주전자에 시원한 물을 가득 담고 엄마가 계시는 밭으로 향한다. 모든 걸 끝낸 후 학교에 가는 게 나의 일상이 되었다. 언제부터인가 외할머니께서는 그런 우리랑 함께 사셨다.

별 말씀이 없으신 외할머니는 맘 아픈 딸을 위해 묵묵히 곁을 지켜주셨다. 우리는 알아서 철이 들어가는 것으로 그 아픔을 함께 나누어 가졌다.

내 심장이 울던 날

40대 여 **이윤정**

조금 싸늘했지만, 햇살은 따사로웠던 날이었다. 막내 아이를 임신 중이었던 나는 모처럼 멀리 나와서 바깥바람을 쐬고 있었다. 임신중독증 증상이 있어서 조심해야 했는데 오랫동안 집에만 틀어박혀 있는 것이 내내 답답했다. 아이가 태어나면 당분간은 집에만 있어야 하므로 하루하루가 아쉬웠다.

집에서 한참 떨어진 곳에서 천천히 걷고 있었는데 처음 느껴보는 통증이 느껴졌다. 가볍지만 간과할 수 없는 느낌이었다. 진통을 경험하지 않고 두 번의 출산을 했지만, 이 통증이 조기 출산을 알리는 것일 수도 있음을 곧 알아차렸다. 서둘러 집에 와서 간단한 입원 짐을 꾸려 병원으로 향했다. 몇 가지 검사 후 신생아 중환자실이 있는 인근 대학병원으로 이송되었다. 중증환자 격리실에 입원해서 한 시간도 안 되어 응급수술을 받게 되었다. 그렇게 막내 아이는 세상 밖으로 꺼내졌다. 큰아이도 이른둥이로 태어났지만 건강하게 잘 자라주었기에 이번에도 그럴 수 있을 것이라 믿고 병원에서 여러 날을 지냈다.

신생아 중환자실 면회가 가능한 남편의 휴대전화로 막내 아이를 처음 만났다. 큰아이보다 3주 먼저 태어난 막내 아이는 받아들이기 힘든 모습을 하고 있었다. 태중에서의 하루가 아이에게 얼마나 큰 의미인지 절감하는 순간이었다. 아이에 대한 죄책감과 마지막까지 조심하지 않았던 나에 대한 분노, 남편에 대한 원망이 한꺼번에 치밀어 올랐다. 아이를 셋이나 낳았지만, 막내를 출산하고 돌보는 과정은 많은 부분에서 처음 경험하는 것들이었다.

뇌출혈과 한쪽 폐의 기형도 받아들이기 힘들었지만, 동맥관이 출생 직후에 닫히지 않고 계속 열려있는 '동맥관 개존증' 앞에서 우리는 많이 무력해졌다. 계속해서 아이의 상태를 알리는 중환자실의 메시지도 감당하기 버거웠다. 밤이 되면 아무도 없는 병실 복도에서 남편을 붙잡고 두서없는 말들을 울먹이며 지껄였고, 혼자 있을 땐 멍하게 있거나 입을 닫아버렸다. 닫힐 기미가 전혀 보이지 않았던 아이의 동맥관은 시술 몇 시간을 앞두고 기적적으로 닫혔다. 병원에서 처음 듣는 기쁜 소식이었다. 그제야 안도감과 미안함, 그리고 새로운 희망이 뒤엉킨 울음이 나왔다. 자식을 향한 어미의 절절한 울음소리를 그때, 나를 통해 처음 들었다. 실컷 울고 나니 새로운 것을 시작할 수 있는 용기가 채워졌다.

막내 아이를 낳고 처음으로 산후조리원에 들어갔다. 아이 없이 혼자서 보내는 열흘은 너무 길었다. 다른 이들의 시선에 크게 연연하지는 않았지만 따뜻하고 안온한 그곳에 나 혼자 있는 것이 어색했고 미안했다.

하루에도 몇 차례씩 아이의 상태가 전해졌지만, 처음보다 담담하게 상황을 받아들이게 되었다. 고맙게도 아이는 잘 견뎌주었고 시간이 지나면서 나도 엄마로서의 일상이 가능하게 되었다.

결핍을 딛고 성장하는 아이의 순간순간은 그저 감동이며, 매 순간 함께 할 수 있음에 감사하다. 작고 연약한 동생을 따뜻하게 바라보고 사랑으로 대해주었던 두 아이에 대한 고마움도 잊지 않겠다.

내 심장이 울던 날 ··

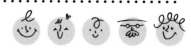

40대 남 **김주연**

첫째와 둘째는 각각 8살 6살 되기 전까지, 아빠가 우는 모습을 한 번도 본 적이 없다. 그래서 아빠는 안 우는 사람 혹은 눈물이 없는 사람으로 알고 있었다. 그렇다. 난 안 운다. 돌이켜 보면, 8살 때부터 다닌 태권도장에서의 가르침 때문일 것이다. "자고로 태권도 배우는 사람은 울지 않는다."라는 가르침이, 나를 눈물이 없는 사람으로 만들었으리라.

2018년 2월 22일

'아빠도 우는구나'라고 생각하게끔, 내가 우는 모습을 아이들이 보게 되었다. 아버지가 돌아가셨기에. 아버지는 나를 당신의 나이 42살에 낳았다. 지금이야 그렇게 놀랄 일이 아닐 수도 있지만, 1981년 당시에는 늦어도 너무나 늦은 득남이었다. 아버지께서는 내가 초등학교 시절부터 '소뇌위축증'을 필두로 한 여러 지병을 앓으셨다. 시간이 지날수록 병들의 증상은 아버지를 더욱 괴롭혔다. 이런 이유로 나는 20대 중반부터 아버지의 죽음을 항상 준비하고 있었던 것 같다. 하지만 사람 목숨이라는 것이 그리 쉽게 지지 않더라. 아버지께서는 당신의 나이 70, 내 나이 30

이 넘어서까지 살아 계셨다. 나의 결혼도. 나의 첫 자녀이자 당신의 첫 손주인 별이까지도 직접 두 눈으로 보셨다. 둘째와 셋째는 직접 두 눈으로 보시진 못하셨다. 치매 상태로 요양병원에 계셨기에. 요양병원에 누워만 계시던 아버지에게 당장 수술을 받지 않으면 안 되는 상황이 벌어졌다. '기어코?'라는 단어를 생각하게끔 한 사건이었다.

다행히 수술은 성공이었다. 아버지께서는 다시 요양병원으로 옮기셨다. 20년의 투병생활. 7년의 요양병원 생활. 정신없는 사회생활 속에서. 나는 아버지의 죽음을 미리 생각하고 준비하고 있었다. 아니. 아버지가 이미 돌아가셨다는 생각으로 생활한 것이 더 맞는 말 같다. 아버지의 죽음을 맞이해도 울지 않을 줄 알았다.

그런데. 임종 직전이라는 의사의 전화를 받고 찾아간 아버지의 눈을 보는 순간. 내 심장이 울었다. 몇 년간 보았던 초점 없는 아버지의 눈동자가 아니었다. 아주 많이 애타게. 허락된 시간 안에 아들이 오기만을 기다리던 또렷한 눈동자였다. 심장이 우니까 마른 줄만 알았던 눈물이 흐르더라.

아버지의 장례식을 치르는 내내 참으로 많이 울었다. 덕분에 나의 첫째와 둘째 아이는 8년과 6년을 살면서 한 번도 보지 못했던 아빠의 눈물을 많이 보았고. 나는 '눈물은 짜다'라는 사실을 오랜만에 떠올렸다.

20대 시절 투병 중인 아버지를 홀로 모시고 살기에는 참으로 어려웠다. '이러다 내가 먼저 죽을 수도 있겠구나.'라는 생각이 수시로 들만큼.

하지만, 장례식 동안 잊고 살았던,

"어떻게 부모가 아픈데 모른 척을 해!"

라며 울부짖던 27살의 나로 돌아갔었나 보다.

내 심장이 울던 날 ●●●●●●●●●●●●●●●●●●●●●●●●●●

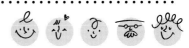

40대 여 **이루미**

사랑하는 사람과의 이별이나 사별이 실감 나는 건 헤어진 바로 그 순간이 아니었다. 엄마의 장례식이 지나고 사람들에게 감사 인사를 드리는데 하염없이 눈물이 났다. 전화기 넘어 들려오는 밝은 노래들. 별일 없어 보이는 일상들은 우리 엄만 세상에 없는데 세상은 그대로임을 느끼게 해주었다. 다행이고 당연한 일이지만 한편으론 가슴이 시렸다. 누군가 이런 내 맘을 알아주었으면 좋겠고 조금은 예전과는 달랐으면 좋겠다고 기대하게 했다. 마음속으로 다짐했다. 소중한 벗의 부모님이 돌아가시면 한동안 하루 틈틈이 함께 가슴 아파하고 함께 슬퍼해주어야겠다고….

친구 중에선 엄마를 하늘에 보내드린 건 내가 처음이었기에 아무리 함께해준다 해도 그것엔 한계가 있었다. 그렇기에 함께 공감할 수 있는 언니. 오빠들과 신랑이 있어 참 다행이었다. 언니. 오빠들은 같은 뱃속에서 자라 같은 마음을 받은 만큼 똑같은 슬픔을 안고 있었기 때문이다. 그게 얼마나 큰 힘이 되는지 경험하기 전엔 몰랐다.

가장 소중한 걸 잃어버린 순간. 늘 있을 것 같은 존재가 사라진 순간 겪는 그 공허감은 사실 어떤 것으로도 대체 불가능했다. 엄마라는 존재는 나와 연결되어있는 하나여서일까? 엄마를 생각하면 내 눈보다 심장이 더 먼저 아려오고 눈코입이 다 빨갛게 변하고 하염없이 울게 된다. 그게 엄마라는 사람의 힘이 아닐까? 생각만으로도 온몸이 알아서 느끼는 그런 존재. 없으면 사무치게 보고 싶게 되는 사람.

그런 순간들을 겪고 나니 사랑하는 가족들이 살아 숨 쉬고 있다는 것에 더욱 감사함을 느끼기 시작했다. 그리고 나보다 먼저 부모님을 보내본 남편의 마음을 깊이 헤아릴 수 있었고 그런 남편이기에 나를 더없이 잘 위로해줄 수 있었다.

서로의 슬픔을 말하지 않아도 헤아릴 수 있는 것은 가장 큰 위로다.

내 심장이 울던 날

30대 여 **임소라**

1998년 1월 24일 설 연휴 전 토요일 저녁. 평소 따로 잠을 잤지만 그날은 왠지 식구 모두 함께 자고 싶은 마음이 들어 한방에서 잤다. 아침에 일어나 보니 아빠는 출근하시고 안 계셨다. 그날이 아빠와 마지막 잠을 잔 날이 되었다. 저녁 7시쯤 전화기에 불이 날 것처럼 여기저기서 전화가 끊이지 않더니 잠시 후 고모가 오셔서 엄마와 함께 가셨다. 무슨 일인지? 어디로 가는지? 묻지 못할 만큼의 분위기에 우리는 웅숭그렸다. 전화한 엄마는 아빠가 돌아가셨고, 증명사진을 챙겨오라고 하셨다.

시공간이 분리된 것처럼 몸에서 생각이 따로 떨어져 나갔다. 그 순간 하늘이 내 마음을 아는지 눈을 내려주었다. 지금도 초저녁에 눈이 내리면 가슴이 시린다. 아빠의 영정사진은 내가 가지고 온 사진이었지만 다르게 슬퍼 보이고 불쌍해 보였다. 아침에 아빠 얼굴도 못 보았고, 전날 뽀뽀하자고 했는데 싫다고 하며 짜증을 냈던 내 모습이 영정사진과 겹쳐 보였다.

그런 아빠와 이별을 하는 날 꽃상여로 아빠를 모시고 마을에서 선산까지 걸어가는 여정이었다. 장례식 버스에서 내릴 때까지만 해도 엄마는 기운이 없으셨다. 버스에서 꽃상여로 아빠를 옮기려는 순간 엄마는 몸 속 저 깊은 곳에서나 나올법한 소리로 울면서 나를 붙잡고 아빠가 못 가도록 붙잡으라고 하셨다. 엄마의 힘이 어찌나 센지 내 몸이 휘청거렸다. 엄마는 힘든 일이 있거나 아빠와 심하게 다퉈도 절대 울지 않는 분이셨다. 그런 엄마가 나를 잡고 정신을 놓을 정도로 절규하는 모습은 앞으로 힘난한 우리의 미래였다.

부모님을 일찍 여읜 일 자체는 사실 힘들지 않다. 겪지 못한 일들을 새롭게 겪으면서 예전과 같은 상황이지만 다르게 살아야 하는 습관처럼 몸에 밴 것들을 덜어내는 과정이 고통스럽다. 결핍을 인지하였지만 결국은 받아들이지 않았다는 데서 오는 인지 부조화를 받아들이는 것도 힘든 과정 중 하나이다. 어떻게 살아갈지 새로운 종이에 적어야 하는데 그 종이가 구겨지고 찢겨 제대로 쓸 수가 없는 모습이다. 그 종이를 펴는데 많은 시간을 보내야 한다.

종이가 어느 정도 펴졌고 두께도 두꺼워졌지만 노을이 질 땐 외로움이 뱀처럼 변해 몸에 똬리를 틀었다. 혼자서 보는 석양은 처음엔 빨간 따뜻함으로 인사한 후 검게 변하며 등을 돌렸다. 외로움과 괴로움이 가슴까지 차오르고 나서야 '난 잘 있다고. 앞으로도 잘 지내겠다고. 힘들지만 힘내겠다고.' 하늘에 인사를 한다. 지금도 하루가 마무리되는 시간이 되면 가슴이 저리고 석양으로 인해 자줏빛으로 변한 하늘을 보면 콧등이 시큰거린다.

내 심장이 울던 날 •••••••••••••••••••••••••••••••

30대 남 **황준연**

"어머니를 지켜주셔서 감사합니다. 천국에서 뵙겠습니다."

많은 날 어머니를 이해할 수 없어 힘들었다. 왜 이혼을 하신 건지, 왜 새로운 가정을 꾸리신 건지, 왜 나를 버리신 건지…. 많은 것들이 오해였음을 알게 되었을 때, 나의 증오는 눈 녹듯이 사라졌다. 그리고 다시 어머니를 이전처럼 볼 수 있게 되었다. 한 사람으로서 말이다. 어머니가 어느 정도 이해가 되었다. 어머니의 이야기를 들으며, 어머니가 그럴 수밖에 없었음을, 무엇보다 어머니의 선택이었음을 인정했을 때, 원망의 마음이 연민의 마음으로 변했다. 새아버지에 대한 인식도 변했다. 나를 힘들게 하는 사람에서, 우리 어머니를 도와주는 사람, 어머니가 힘들 때 어머니를 지켜준 사람, 내가 없을 때 나 대신 어머니의 옆에 있어 준 사람…. 어머니가 재정적으로 힘들 때 어머니를 도와주고, 중고차까지 선물했다고 한다. 여관에서 살던 어머니가, 아파트에 살게 된 것도 그

분. 새아버지의 덕이라는 사실을 알게 되면서 나는 내 마음을 더욱 열게 되었다.

　문제는 암이었다. 병원에서는 거의 희망이 없음을 알렸다. 하지만 어머니도, 아버지도 포기하지 않으셨다. 몸에 좋다는 것은 모두 먹었다. 운동도 시작했다. 암 환자에게 좋다는 편백나무 숲에 매일 가셨다. 그 덕분일까? 암세포가 사라졌다는 이야기를 들었다. 거의 1년 동안은. 이렇게 시간이 갔으면 좋았을 텐데. 재발했다. 이번에는 상황이 좋지 않다. 마음의 준비를 해서일까? 다시 입원했다는 사실보다. 아버지에게 구원의 확신이 없다는 것. 즉 천국을 못 갈 수도 있다는 게 가슴 아팠다. 다행히 목사님이 오셔서 영접 기도를 해주셨고, 늘 거부하던 아버지도 그때만큼은 받아들이셨다.

　마음이 놓였다. 이제는 아프지 않은 곳에서 만날 수 있으니 말이다. 원래 가족이 임종을 지키지 못했다. 대신 어머니와 내가 끝까지 자리를 지켰다. 이렇게 힘들어도 되니까 이 시간이 계속되었으면 좋겠다는 생각이 들었다. 거의 한라병원에 살다시피 했다. 그때 어머니와 또 아버지와 가장 많은 이야기를 했던 것 같다. 하지만 그 시간은 그리 길지 않았다. 마지막을 준비하라는 말에 눈물이 흘렀다. 이제 아버지로 인정하고, 또 같이 교회도 다닐 수 있을 것이고, 좋은 날만 남았는데 이렇게 가셔야 한다는 것이 참 힘들었다. 그렇게 며칠 후 아버지는 돌아가셨다. 눈은 감지 못하셨지만. 마지막 날까지 마음은 편하다고 하셨다. 다시 볼 수 있었기 때문이다. 그 이후 어머니도 안 가던 교회에 가셨다. 천국에 가야 할 목표가 생겼기 때문이다.

"어머니를 지켜주셔서 감사합니다. 나중에 천국에서 뵙겠습니다. 천국에서 아프지 말고, 영원히 어머니와 함께하셨으면 해요. 이제 막 마음을 열려고 할 때, 이렇게 헤어지게 되니 참 슬프지만, 가장 잘한 일이 목사님을 어떻게든 모셔왔던 일이었던 것 같아요. 그렇게 생각하시죠? 아프지 말고 행복하게 기다려주세요. 아버지."

내 심장이 울던 날 ‥‥‥‥‥‥‥‥‥‥‥‥

20대 여 **정희경**

'송년회' 하면 친구들, 혹은 회사에서 진행되는 모임을 떠올리기에 십
상이다. 하지만 나는 가족끼리 하는 송년회를 해보고 싶어 기획했다.
2018년 12월에 방영된 MBC 프로그램 '나 혼자 산다'의 '무지개 개업식'
편을 보고 아이디어를 얻었다. 송년회 순서와 송년회를 진행하는 데 필
요한 것들을 생각해서 가족 카톡방에 전달했다. 다들 처음 해보는 가족
행사에 설레는 마음이었을 것이다.

상장 수여식을 진행했는데, 서로에게 줄 상장을 미리 만들어온 뒤 상
장의 내용을 읽으며 전달해 주었다. 상장이라는 매개체를 통해 그동안
서로에게 하지 못했던 고마움의 표현을 할 수 있었던 좋은 기회였다. 상
장이 편지보다는 가볍게 쓸 수 있으면서 고마운 마음을 직접 표현할 수
있던 도구였다. 엄마는 엄마의 위치에서, 아빠는 아빠의 위치에서, 자식
들은 자식의 위치에서 애썼고, 수고했음을 상장을 통해 위로받았다.

상장을 준비할 때는 무엇을 적을까 고민하느라 감정이 크게 동요하지

는 않았었는데. 직접 상장을 읽으면서 건네주다 보니 가족들 모두 고마움과 슬픔의 눈물을 흘렸다. 가장 가까운 사람인 가족들에게 상장을 받는다는 것은 뿌듯함 그 이상의 감정으로 눈물이 나오게 되는 것 같았다. 나는 아빠한테서 '혼자서도 잘해요' 상을 받았는데. 지금까지 받아본 모든 상중에서 가장 의미 있는 상이다. 그동안은 나의 등수. 성적만 가지고 받았던 것이 전부인데. 내가 지내온 과정에 대해 알아주고 상을 준다는 것이 소중했다.

다음으로는 선물 증정식을 진행했다. 아빠는 엄마에게. 엄마는 나에게. 나는 동생에게. 동생은 아빠에게 해주고 싶은 선물을 미리 준비해 오기로 했다. 나는 엄마한테 귀여운 공책을 선물 받았다. 지금은 일기장으로 쓰고 있는데. 일기장을 들춰보면 지난날에 겪었던 많은 기억과 감정들이 담겨있다. 엄마의 선물 덕분에 추억을 모아볼 수 있어서 고맙다는 말을 전하고 싶다.

가족끼리 같은 감정을 공유하며 이렇게 함께 눈물 흘리는 경험은 처음이라 부끄럽기도 하고 이 행사를 준비한 것에 스스로 뿌듯했다. 올해는 또 새로운 행사로 가족들과 함께 추억을 만들어 보고 싶다.

◆ 당신의 심장이 울었던 날은?

그래도 괜찮아, 가족이니까!

가족을 위해 하는 일

세상의 평화를 위해서 당신이 할 수 있는 일은 무엇인가?

집으로 돌아가서 가족을 사랑해주는 것이다.

– 마더 데레사 –

50대 남 **성정민**

본가에 가면 음식을 안 먹어도 배가 부르다. 정서적 허기가 채워져서다. 어머니의 밥상이 가끔 그립다. 집을 떠나온 세월이 길다. 이제는 부모님 집에서 살아낸 시간보다 결혼한 집에서 살아온 시간이 더 길어졌다.

홀로 남은 어머니를 위해 하는 일은 자주 전화하여 안부도 묻고 가끔 방문도 한다. 전화할 때마다 똑같이 하시는 말씀. "아들은 잘 있는가? 집에는 별일 없냐? 며느리는 잘 있지? 손자들은 모두 건강하냐?" 매번 똑같은 물음인데 그 물음을 하시고 "네, 모두 잘 있어요." 하면 "응. 그러면 됐다." 하시면서 웃으신다. 어머니의 목소리를 오래도록 듣고 싶다.

남편으로선 무슨 일을 할 수 있을까? 아내가 새로운 일을 시작했을 때의 일이다. 그래서 내가 집에 있는 시간이 많아져서 집안일을 시작했다. 반찬 만들기를 시도해본다. 인터넷 검색 창에 요리방법을 물으며, 그대로 따라 해본다. 요리법대로 재료를 준비한다. 순서를 따라 하다 보니 음식이 만들어진다. 신기하다. 내가 만든 음식이 제법 맛있어서 아들에게 먹어보라고 하니 "아빠 이거 엄마가 만든 거예요?"라고 말했다. 최고의 찬사이다. "아니, 아빠가 한 거야"라고 대답했다. 뿌듯해진다.

저녁에 아내가 와서 먹어보기를 기다린다. "여보 정말 맛있어요. 이것은 내가 배워야 하는 맛인데요?" 아내의 격한 칭찬이 나를 행복하게 한다. 그렇게 시작한 반찬 목록을 적어본다. 돼지고기볶음 3회, 더덕 무침 3회, 어묵볶음 2회, 계란말이 10회, 김치 썰어놓기 3회 그리고 밥 짓기, 설거지, 쓰레기 정리하기 등이다. 반찬 만드는 일이 이렇게 힘들 줄이야. 아내가 가끔 "오늘 저녁은 뭐해 먹지?"라고 물으면 '아니 왜 그럴까?'라고 속으로 생각만 했었다. 이제는 알 것 같다. 그동안 묵묵히 해준 아내에게 감사하고 또 감사하다.

남편으로서 요리한다면 아버지로선 노동한다. 아버지 학교 강사, 푸른 나무재단 강사, 국방부 가족사랑 캠프 강사, 교도소와 구치소 인성교육 강사, 부부학교 강사, 건강가정지원센터 강사, 청소년 감동 캠프 강사 등 많은 강의로 활동했었다. 코로나로 인해 강의가 없게 되었다. 많은 사람이 부캐를 시작한다. 나 역시 부캐로 무엇을 할까 하면서 배운 일이 에어컨 클리닝과 세탁기 클리닝이다. 아내가 새로운 일을 찾기 전에는 함께 팀으로 작업했다.

일하면서 힘들었지만 재미있었다. 의미를 찾으니 더 재미있었다. 에어컨이나 세탁기는 마치 사람의 모습을 보는 것 같았다. 겉으로 보기에는 뭐 깨끗한데 청소가 필요할까? 라고 생각하지만, 막상 겉뚜껑을 열고

속을 보면 기겁을 한다. 곰팡이가 얼마나 많은지 나도 놀라고 고객도 놀란다. 그래서 에어컨과 세탁기 청소는 '한 번도 안 하는 집은 있어도, 한 번만 하는 집은 없다.' 이것을 사람으로 비교해보면 '보기에는 멀쩡한데 무슨 상처가 있겠어?'라고 생각할 수 있다. 막상 상담실에서 상담하다 보면 보이는 모습과는 다르게 많은 상처가 드러난다. 그 상처를 안고서 얼마나 힘들었을까? 이야기를 나누다 보면 어느새 눈물이 가득해진다.

곰팡이 가득한 에어컨을 물로 씻어내 깨끗하게 청소하듯이, 흐르는 눈물이 아프고 힘든 마음을 씻어내 준다.

가족을 위해 하는 일 ••••••••••••••••••••••••••

50대 여 **엄해정**

아버지 없는 하늘 아래 살아간다는 것은 잡초의 삶과도 같았다. 아버지가 돌아가신 후 어린 나는 가장 아닌 가장 노릇을 해야 했다. 그 어린 아이가 걸어서 왕복 두 시간 정도 되는 거리를 비가 오나, 눈이 오나 엄마 심부름을 다녀야만 했다. 그래서였을까?

중학교 시절 나의 일기장은 온통 '죽고 싶다'로 시작해 '죽고 싶다'로 끝났다.

희망이라고는 눈곱만큼도 찾아볼 수 없는 지겨운 가난. 그것이 무엇인지, 얼마나 힘겹고 수치스러운 것인지, 얼마나 고통스러운 것인지 죽을 만큼 싫었다. 납부금을 내러 가면 생활보호대상자라는 딱지를 붙이는 그 말에 다른 아이들이 들을까 봐 아이들이 다 교실로 들어간 후 수업 시작 종 치기 전 재빨리 납부금을 내곤 했었다. 생활보호대상자라는 그 말은 죽기보다 싫었고 비참했다. 다른 아이들은 새 교복을 맞추어 입었는데. 상의는 동네 선배 언니 것을 물려 입어서 헐렁했고, 바지는 서울에서 공장에 다니는 언니의 기성복 나팔바지를 입어서 원단이 서로 같지가 않아 모양새가 빠졌다. 한참 감수성이 예민할 중학생 시절 그것 또한 죽기보다 싫었다. 그래도 엄마가 여기저기 부탁해서 겨우 중학교에 입학이라도 할 수 있었으니 그나마 감사했다.

어린 시절 내가 살아가는 이유. 나의 삶의 의미는 엄마 때문이었다. 우리 엄마랑 어린 동생을 내가 보살펴야 했기에 죽고 싶어도 죽지 못했다. 가난으로 좀 찌질해 보여도, 힘들어도, 친구들과 놀지 못해도 가장 아닌 가장이 되어야 했으니 다 참아야 했다. 그리고 나는 빨리 어른이 되고 싶었다. 어른이 되면 돈을 벌 수 있고 우리 엄마도 도와줄 수 있어서 내가 돈만 벌면 모든 것이 다 해결 될 것 만 같았기 때문이다.

결혼 후. 사무실 경리업무를 보면서 내가 직접 트럭을 운전하여 배달도 하겠다는 각오로 운전면허를 1종으로 바꾸었다. 그런데 다행히도 좋은 직원들이 여러 몫을 감당해 주었기 때문에 내가 직접 배달할 기회는 오지 않았다.

목재상 창고 한쪽에 합판으로 칸을 막은 그야말로 판잣집 생활로 신혼생활을 시작했다. 신혼집 얻을 돈으로 남편과 함께 건축자재상을 열었고. 남편은 배달하고 나는 집안일에 경리 일에 아이들 돌봄에 몸이 열 개여도 부족할 정도로 열심히 생활했다. 그 판잣집 자리에 지금은 6층 빌딩이 지어져 조물주 위에 건물주가 되었다. 그런 와중에도 신앙생활을 열심히 했다. 아침 새벽기도. 불교대학 수업. 어린이지도법사. 스님들의 후원 등의 활동을 하면서 내면의 허전함과 부족함을 신앙생활로 채

왔다.

내가 가족을 위해 하는 일은 그렇게 바쁘게 살아오면서 쌓아온 자양분으로 달라졌다. 돈만 버는 것이 아닌 내공을 높이고 가정의 경제적인 협력체. 가족공동체의 도우미. 마음 다스리기의 안내자 등등 기능적인 존재로서 가족공동체 안에서 필요할 때. 필요한 장소에서 역할을 수행하는 일이다. 그리고 흐름에 순응할 뿐이라는 원리를 알고 나니 모든 것이 순수해지고 가벼워지고 여유로워졌다.

텅 빈 나의 존재가 가족들과 다른 이들의 행복충전소가 되는 것. 이것이 나의 소명이 되었다.

가족을 위해 하는 일

50대 여 **김경순**

장독에서는 삶이 익어간다.

어느 단층 주택에서 첫 아이가 걸음마를 배우며 꿈을 키워 가던 때였다. 적은 월급으로 사느라고 사고 싶은 것들이 있어도 못 샀을 터라며 남편은 갖고 싶은 것이 있으면 사라며 급여의 반에 가까운 돈을 용돈이라며 줬다. 난 조금의 망설임도 없이 사고 싶었던 크고 작은 옹기 여러 개를 몽땅 샀다. 우리가 사는 집 옥상에는 삶의 연륜만큼이나 오래된 주인집 옹기들이 옹기종기 모여 앉아 있었다. 새로 둥지를 튼 우리 집의 옹기들도 몇 발자국 건너에 자리를 잡았다.

농촌에서 유년 시절을 보내서인지 결혼하기 전부터 갖춰야 하는 것 중의 하나가 장 담그기였다. 도시에서 생활하더라도 기본으로 장독대를 갖춰야 하고 그 가정의 기본양념들은 그곳에서 나는 것으로 해야 한다고 보고 자라서인지. 그 꿈의 초입에 들어서는 기쁨이 어른이 된 것처럼 느껴졌다.

급여 외에 준 돈이라 남편은 궁금해하지 않으리라 생각했는데 온통 장독을 샀다는 것을 알고는 믿어지지 않았나 보다. 반질반질 윤이 나는 장독들을 보더니 표정이 일그러지며 쓸데없이 필요 없는 물건들을 사들였다고 얼굴이 붉으락푸르락. '아 뭐가 잘못되었나? 왜 그러지? 그 돈으로 뭘 하기를 기대했을까?' 이후 며칠은 집안의 공기가 싸늘했다. 그러거나 말거나 함께 있을 때는 맘이 불편했지만 내 맘의 풍요로움은 이루 말할 수가 없었다.

하루에도 몇 번씩 옥상을 오르내리며 옹기 가족들을 닦아주며 곧 이 안에 채워질 일 년의 양식들을 생각하니 밥을 안 먹어도 배가 불렀다. 남편과의 불편함쯤이야 하며 한쪽 눈을 질끈 감았다.

그 안에 채워질 양식은 간장, 된장, 고추장, 젓갈류, 각종 장아찌, 김치 등 다양하게도 채워졌다. 남편은 주변에서 '맛있는 김치가 먹고 싶다'는 얘기만 나오면 부탁한다. 누구누구네 김치 좀 줄 수 있느냐고. 그러면 당연한 맘으로 챙겨드린다. 그런 의미에서 부끄럽게도 우리 집엔 김치냉장고가 3대다.

자동화 시스템을 갖춘 대형회사에서 다양한 음식들을 청결하게 생산, 시판하고 있다. 우리 또한 해마다 정성스레 콩을 준비해서 가족과 메주를 만들고 빈 항아리를 채우고 비워가며 두고 온 고향의 향수와 엄마 사랑에 허기진 사람에게 사랑을 나누고 싶다.

40대 여 **이윤정**

공간에 대한 탐욕이 늘 있었다. 나의 취향이 고스란히 반영된 것들로 채워진 공간을 늘 꿈꾸었고. 공간에 대한 탐욕은 점점 집에 대한 것으로 바뀌었다. 어려서는 여러 식구와 부대끼며 사느라 그런 생각은 그저 공상 속에서만 가능한 것이었다. 결혼 후에도 내가 꿈꾸는 그런 집은 좀처럼 허락되지 않았다. 집에 대해 느끼는 힘든 마음이 주체할 수 없을 정도로 부풀어 오르는 날엔 집 밖을 나와 예쁜 공간을 찾아 여기저기 기웃대곤 했다. 아이들이 어려서는 아이들 손을 잡고 멀리 있는 곳도 마다치 않고 다녀오곤 했다. 낡고 초라하기 그지없는 내 집으로 돌아와선 조금 더 슬퍼졌다. 그러기를 오래도록 계속했고. 집에 관한 생각을 바꾸어야 행복할 수 있을 거란 생각이 들기 시작했다.

낡고 쓸모없는 것들을 버리고. 오래된 것들이지만 곁에 두고 싶은 것은 어여쁘게 색을 입히거나 새롭게 꾸며서 쓰기 시작했다. 그리고 나를 오랫동안 괴롭혀온 '새 공간'과 '새것'에 대한 욕심을 조금씩 버리기 시작했다. 새것에 대한 욕심이 사라진 자리에 오래된 것이 주는 가치가 들어왔다. 공간과 집에 대한 새로운 시선과 감각이 내가 그토록 거부했던 낡은 집을 돌보며 길러지기 시작했다.

처음엔 오로지 나만을 위한 집안일이었다. 낡은 집의 구석구석을 손보며 끊임없이 작은 정성을 들이고. 집에 딱 맞는 것들을 만들거나 새로 들이며 환호하고. 좁은 공간에 새로운 의미를 부여하는 것들이. 그런 행동을 반복하면서 공허한 일상에 새로운 숨결이 깃들기 시작했다. 집을 돌보는 것이 나와 가족들을 돌보는 것과 다르지 않다는 걸 새삼 느끼는 날들이었다. 가난이 오래도록 계속되었지만. 집에서 보내는 시간은 표현하기 힘든 풍요로움으로 차오르는 시간이었다.

가족들은 우리 집만이 내뿜는 특유의 느낌과 따뜻함에 반응했고. 특히 순수하고 생생한 아이들의 격려와 공감은 내가 지치지 않고 집을 돌볼 수 있게 하는 원동력이 되었다.

멋진 실내장식 액자 대신에 아이들이 그린 그림이나 편지가 자리했고. 어른들이 쓰시던 세월의 흔적이 고스란히 묻어있는 것들도 내가 가꾼 공간에 잘 어울렸다. 세련되고 딱 떨어지는 물건들로 채우지는 못했지만 따뜻하고 나름의 이야기가 깃든 것으로 집을 채웠다. 닦아도 닦아도 지워지지 않는 것들도 조금은 너그러운 마음으로 바라볼 수 있게 되었다.

자주 우울감에 빠지는 내가 몸을 쓰는 집안일에 매진하고 정성을 들이며 얻은 수확은 참으로 많다. 집에서 자주 머무르며 많은 일을 하는 나에게 집을 가꾸는 행위는 경건한 의식과도 같다. 낡았지만 이제는 충분히 아름다운 집에서 하루를 시작할 수 있음에 감사하다.

먼 훗날. 지금 내가 사는 이 집이 그리울지도 모르겠다.

가족을 위해 하는 일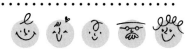

40대 남 **김주연**

나는 작가다. 또한, 태권도 지도자다. 나처럼 운동이 업인 삶을 바라지는 않아도, 항상 운동과 함께 하는 삶을 살았으면 한다.

"나는 하루 일과 중 운동에 가장 높은 우선순위를 부여하고
업무를 수행하듯이 의무적으로 실천한다."

-황농문 저서 『몰입』 중에서

"알베르트 아인슈타인은 창의적인 발상을 주로 자전거 위에서 했다고 하지요?
꾸준한 운동이 여러분의 뇌를 오랫동안 건강하게 만들어 나이가 들어서도 창의적인 발상을 하는 데 도움을 줍니다."

-정재승 저서 『열두 발자국』 중에서

"규칙적으로 운동하라!

운동은 개인 생산력에 매우 중요하다. 운동은 사람을 행복하게 만든다."

-로버트 포즌 저서 『그는 어떻게 그 모든 일을 해내는가?』 중에서

"신이 우리에게 준, 성공에 필요한 두 가지 도구는 교육과 운동이다.

하나는 영혼을 위한 것이고, 다른 하나는 신체를 위한 것이다.

하지만 이 둘은 결코 분리할 수 없다.

둘은 함께 추구해야만 완벽함에 이를 수 있다."

-플라톤

더 이상 그만 적겠다. 아이들에게 운동습관을 기르도록 부모로서 노력한다. 그 최고, 최선의 노력은 '보여주기'라고 생각한다. 아이들은 가르치는 대로 배우지 않는다. 보는 대로 배운다. "운동해라!"하면 운동할까?

자녀가 운동습관을 위해서 내가 열심히 운동한다! 중요한 건 '잘'하는 모습이 아니다. 잘하건 못하건 운동을 한다는 사실이 중요하다. 자기 전에 항상 윗몸일으키기 10개씩만 해보자. 일부러 아이들에게 보여주려고 하지 않아도 된다. 같이 사니까. 보여주기 싫어도 보게 된다. 오늘은 아쉽게도 아이가 잠자리에 들어서 못 보여 주었더라도 괜찮다. 내일 보여주면 되니까.

"역시! 태권도 관장 얘들이야!"

라는 말을 나의 아이들은 많이 듣는다. 그렇다. 나의 아이들은 운동 잘한다. 몸 쓰는 걸 아주 좋아한다. 비만 걱정도 없다. 엄청 활동적이다. 내 아이들이 이렇게 된 비결은 내 덕이다!

내가 운동하는 걸 좋아한다. 혼자서 할 때도 있지만. 어떻게든 아이들과 같이하려고 노력한다. 그런데. 같이 못 해도 괜찮다. 내가 운동한 줄은 아이들이 모두 알게 되니까.

새벽 6시에 달리기를 할 때가 있다. 집을 나설 때 아이들은 아직 모두 자고 있다. 열심히 달리고 땀을 비 오듯 쏟으며. 7시 조금 넘겨서 들어온다. 그 시각 아이들은 모두 일어나 있다. 안 일어난 아이도 내가 들어오는 소리에 깬다. 아이들은 보게 된다. 아빠가 열심히. 신나게 운동한 사실을. 그러고는 한마디 한다.

"아빠, 내일 새벽엔 나도 달릴 거예요!"

가족을 위해 하는 일

40대 여 **이루미**

남편은 여러 방송사에서 섭외가 들어오고 코로나 19 영향도 없는 맛집을 운영하는 사람이다. 그렇게 되기까지 대학 시절부터 성공도 실패 경험도 많은 사람이었다. 그런 경험 덕에 두려움 없던 사람이 아내와 딸들이 있는 가운데 사업으로 모든 걸 잃고 나니 달라졌다.

열정은 있으나 지키고 싶은 사람들이 많은 만큼 뭔가에 도전하고 시작하기엔 두려움이 컸다. 그런 남편이 4년 만에 다시 사업을 해본다며 내게 의논을 했다. '큰 두려움만큼 얼마나 또 혼자 알아보고 애를 썼을까?' 그런 생각에 또 다시 바닥을 치지 않을까 하는 두려움보다 그의 그런 도전과 열정이 반가운 나는 흔쾌히 그러자 했다. 경제적으로 여유로워진 상황도 아니었지만 그런 상태에서도 할 수 있는 일이었다.

타지로 가야 하고 묘지가 있는 산속으로 들어가서 살아야 했다. 뭐든 문제 되지 않았다. 일단 두려움을 딛고 다시 해보겠다는 남편을 적극 지지해주고 싶었다. 그때의 내가 가족을 위해 할 수 있는 일은 남편을 믿고 그곳이 어디든 따라나서고 함께 일을 하며 어린 첫째를 잘 돌보는 일이었다. 그러나 남편이 먼저 그곳에 가서 준비하고 나는 아이와 한 달 후 가게 되었는데 하루 만에 그런 생각이 들었다.

'아… 여기서 잠을 잘 수 있을까? 무섭다. 5년을 난 여기서 살 수 있을까?'

산속은 너무 어두웠고, 집은 인근 마을과 동떨어진 비닐하우스 한 채였다. 왜 밤이 되면 이상한 소리가 나는 것 같은지…. 24시간 낯선 손님들이(특히 남자분들) 오고 가는 그 일은 신랑이 사랑하는 낚시터 사업이었다. 어린 시절도 산속에서 산 기억이 난다. 그 시절에도 뱀과 지네, 빛 하나 없는 어둠이 무서웠는데 그곳이 딱 그랬다.

날이 갈수록 사업은 번창했지만, 신랑이 지인 장례식이나 시댁에 일이 있어 가고 늦게 오는 날에는 난 아이와 둘이 그곳을 지켜야 했다. 그럴 때 겁이 많은 나는 심장이 사라져 버릴 것만 같았다. 그런데도 신기하게도 아침이 되면 그곳이 참 평화롭고 좋았다. 산속 풍경이 아름답기도 했지만, 정확히 말하면 든든한 남편이 함께 있기에 보이는 모습들이었고 느낌이었다. 그런 환경 속에서도 우리의 사랑만큼이나 아이들은 건강하게 잘 성장해 주었다.

수많은 변화 속에서 느껴지는 다양한 감정들을 안고 서로를 위해 모든 걸 기꺼이 할 수 있는 힘은 변함없는 사랑과 믿음에 있었다. 그것은 그때의 상황에서 우리가 서로에게 해줄 수 있는 유일한 것이었고 그 순간 서로에게 가장 원하는 것이기도 했다.

가족을 위해 하는 일

30대 여 **임소라**

여느 워킹 맘들과 마찬가지로 나도 육아와 일 사이에서 어느 것 하나 소홀하지 않으려 일찌감치 마음을 먹었다. 워킹 맘으로 9년을 살며 엄마의 품이 부족하고 늘 그립지만 그것으로 인해 아이는 스스로를 믿고 해결하는 힘이 세졌다. 바쁘고 부족한 엄마는 그것조차도 미안했다.

엄마가 필요할 때 함께 해주지 못한 것을 채우려 선택한 것이 여행이었다. 아이의 마음을 달래주는 타협점이기도 했다. 우리는 자연에서 받은 힘으로 한 주 살았고. 새로운 경험을 한 후에는 추억 이야기로 한 달을 살았다.

사춘기 시작하기 전 아이와 오랜 시간을 보내고 싶었다. 둘째를 낳고 육아휴직을 하면 아이가 좋아하는 걸 함께 하고 가고 싶어 하던 곳에서 시간을 많이 보내리라 다짐했다. 그렇게 초등학생 아이와 백일 아가를 데리고 제주도 한 달 살기를 했다.

바다에 가기 전 둘째가 울어 정차하고 수유를 하는데 엄마는 힘겨워 보이고 배고픈 동생이 안쓰러워 보였는지 첫째가 말한다.

"엄마, 미안해요. 지우야, 미안해."

미안하지 않아도 된다고 너와 지우가 원하는 것과 식사 시간이 다를 뿐이라고 해주었다. 그리고 제주도는 널 위해 온 거라고….

아이가 9살이 될 때까지 어떻게 컸는지 눈으로 보지 못했던 부족한 엄마는 그곳에서 아이가 커가는 모습을 지켜보았다.

다이빙을 하는 횟수가 늘어날수록 계단의 높이가 높아져 가는 것을 보고 두려움을 극복하는 내 아이의 방법을 알게 되었다. 기존에 놀던 바다보다 깊은 곳은 처음엔 두려워 주춤한다. 그것도 잠시 시간을 들여 놀다 보면 깊은 바다도 익숙해지며, 친숙한 것에서 오는 안정감이 필요할 때, 또 다시 얕은 바다를 찾는다.

여행의 묘미는 늘 아쉽다는 것이다. 우리는 늘 이렇게 말한다. "또 오면 되지." 오늘이 마지막인 것처럼 에너지를 쓰면 내일 쓸 에너지까지 끌어다 쓰게 되니 적당히 놀다 간다.

우리에겐 내일이 또 있잖아요! 이 말이 좋다. 다음 여행을 생각하는 이 시간이 좋다.

가족을 위해 하는 일

30대 남 **황준연**

"우리 데이트 통장 만들까요?"

그때 나는 느꼈던 것 같다. '이 사람은 남들과는 다르구나.'

주위에 이 이야기를 해도 많이 놀란다. 좋은 여자 친구를 만날 수 있어 참 감사하다는 생각이 들었다. 시간이 지나 어느새 1년. 2년이 되어가자 결혼하고 싶다는 생각이 들었다. 프러포즈는 하지 않았지만. 어느새 서로 같은 생각을 하게 되었다. 그때부터 내 고민은 시작되었다. 혼자 있을 때는 나쁘지 않은 수입이었다. 하지만 집을 사야 하고. 결혼식을 해야 하는 현실적인 문제 특히 재정적인 문제가 생긴 것이다. 나는 모아놓은 돈이 거의 없었다. 경제 지식이 전무했다. 이대로는 현실적으로 함께 살기가 힘겨워 보였다. 무엇보다 지금 직업을 유지하면 거의 불가능했다. 이제껏 열심히 모으고 저축했지만. 턱없이 부족했기 때문이다. 그때부터 작가와 강사에 대한 꿈을 꾸었다. 시간적&경제적으로 자유로운 삶이 가능하기 때문이다. 그리고 내 목표 수입도 점점 바뀌게 되었다.

이제 작가와 강사가 된 지 얼마 되지 않았지만. 시작이 좋았다. 장밋빛 미래를 꿈꿀 수 있었다. 모든 것이 계획대로 흘러간 것은 아니지만. 그래도 직업을 바꾸며 새로운 가정에 대한 희망이 생겼다. 함께 재택근무하며. 짧은 시간 일하고, 많은 시간 가정을 위해 함께 하고 싶었다. 어설프지만 그 걸음을 찬찬히 걸어가고 있다. 주위에 모든 사람은 불가능하다고 했다. 하지만 내 주위에는 가능하다고 말해주는 사람들도 많았다. 그 목소리를 더 많이 들었기에 지금은 작가와 강사가 되었다. 강의 제안이 늘어나서 스케줄을 체크해야 할 정도가 되었다.

아마 재정이라는 현실적인 문제에 부딪히지 않았다면 나는 평생 회사원으로 살았을 것 같다. 크게 부족함이 없었고. 만족하며 살았기 때문이다. 내 일을 사랑했다. 다만 매일 밤늦게 끝나는 일이기에 행복한 가정을 꾸리기에는 힘들어 보였다. 더 바빠질수록, 더 많은 돈을 벌수록 가정과는 멀어질 것이 당연했기 때문이었다. 그래서 선택을 해야만 했다. 그리고 그 길을 가고 있다. 인생을 흔히 선택의 연속이라고 한다. 앞으로도 삶에서도 분명 많은 선택을 해야 한다. 나는 그때마다 가정을 위해 더 좋은 선택을 하고 싶다. 함께 생각하고, 고민하고, 함께 그 길을 걸어가고 싶다. 함께 가면 멀리 갈 수 있기 때문이다.

내년부터는 함께 같은 곳에서 재택 근무하는 꿈을 꾸고 있다. 나는 직장을 그만뒀다. 여자 친구도 곧 그만둘 예정이다. 일할 때도, 일하지 않을 때도 우리는 함께다.

20대 여 **정희경**

가족들이 각자 자신의 역할을 잘 수행할 때 원만한 가족 관계가 형성되고 유지될 수 있다. 우리 집은 대체로 그런 편이다.

10대일 때 가족에서의 내 역할은 주로 동생에게서 나왔다. 동생의 두 번째 보호자이자 나침반이었다. 그리고 부모님과 할아버지, 할머니께 이런 말을 종종 들었다.

"네가 잘해야 동생도 보고 따라 배우지!"

"동생도 좀 도와줘."

"동생이 잘 모르는 것 있다던데. 가서 좀 해줘 봐."

지금 생각해보면 특별할 것 없는 말들이다. 하지만 한때 동생의 여러 부분에 내가 관여해야 한다는 것이 부담되었고 억울하기도 했다. 내가 원해서 첫째로 태어난 것이 아니었고, 나는 나의 본보기로 삼을 만한 언니 오빠가 없으니 혼자 알아보고, 찾아보고 했던 것들이 대부분이었다. 그래서 주로 '나는 스스로 한 것들이 많은데, 동생은 왜 하나하나 챙겨주고 알아봐 줘야 하지? 혼자서도 충분히 할 수 있는 것들인데'라는 생각에서 억울함이 왔다.

하지만 요새는 생각이 좀 바뀌었다. 지금까지 혼자 해왔다고 생각하는 것들도 혼자가 아닌 주변 사람들의 도움이 있었기에 할 수 있었다. 그리고 나는 다시 동생의 주변 사람으로서 동생이 필요로 하는 도움을 줄 수 있다는 것이 뿌듯하다.

가족을 위해서 무엇을 하는지 생각할수록 못 했던 부분들이 떠오른다. 가족과 떨어져서 지내는 만큼 안부 전화도 종종 해야 하고, 가끔 집에 갔을 때는 가족들과 시간을 보내기도 해야 하는데, 그러지 못하는 것 같아 반성하게 된다.

본가에 가면 엄마가 항상 하는 말이 있다.
"희경아, 네가 오면 집이 살아나는 것 같아. 동생도 희경이 오길 기다렸는지 너 오면 재잘재잘 말이 많아지고 많이 웃네. 엄마도 옆에서 이렇게 이런저런 얘기해주는 네가 있다가 다시 학교로 돌아가면 되게 허전해."
이 말을 듣고 '생각한 것보다 내가 가족에게 좋은 영향을 끼치고 있구나.'라고 생각했다. 엄마가 이렇게 표현해주니 무척 좋았다.

23살. 나이는 성인이지만 아직 부모님 품에서 지내고 있다. 그래서 그런지 얼른 직장을 갖고 독립해서 휴대전화 요금도 내고 동생과 부모님 용돈도 챙겨드리는 멋진 딸이 되고 싶다는 생각을 자주 한다.

올해 첫 임용고시를 준비하고 있다. 언제가 되었든 결국은 붙게 될 시험이라는 생각을 하고 차근차근 나아가고 있다. 지금 하는 공부 역시 나를 위한 일이기도 하지만, 가족을 위한 일이기도 하다.

◆ 가족을 위해 하는 일은?

가족하면 떠오르는 것

저녁 무렵 자연스럽게 가정을 생각하는 사람은

가정의 행복을 맛보고 인생의 햇볕을 쬐는 사람이다.

그는 그 빛으로 아름다운 꽃을 피운다.

- 베히슈타인 -

가족하면 떠오르는 것 ●●●●●●●●●●●●●●●●●●●●●●●●●●●●

50대 남 **성정민**

떠나온 집. 가족에게는 가훈이 없었다. 아버지가 늘 하시던 말씀. "똑바로 해라." 머릿속에 밝혀진 가훈이다. 아버지가 들려주신 이 말씀은 나를 경직되게 하는 말씀이었다. 자신감이 부족하고 늘 긴장하였던 학창시절이었다. 나의 마음이 성장하면서부터 아버지가 주신 가훈이 삶에 긍정적인 역할을 하게 했다. 똑바로 하기 위해 열심히 살았다. 말도 똑바로 해야 한다. 생활도 똑바로 해야 한다는 마음이 있었다. 사실 오늘날 나의 모습이 아버지의 말씀 영향이 있었던 것 같다. 찬결빈준 자녀의 이름이다. 도울 찬. 맑을 결. 인도할 빈. 밝을 준 한 자로 된 이름이 뜻이다. 사람을 "깨끗한 마음으로 돕고, 밝은 빛으로 인도하자." 네 명의 자녀의 이름을 연결하여 가훈으로 정했다. 자녀들이 자기 이름처럼 돕는 삶. 깨끗한 삶. 인도하는 삶. 밝게 사는 삶이 되기를 축복하는 마음이었다.

그런 마음으로 키운 아이들에게 사춘기가 왔다. 중2병은 참 무서운 질병이었다. 첫 번째 중2병은 큰딸의 이야기이다. 학교폭력을 당한 딸은 학교에서 살아남기 위해 또 다른 친구를 따돌림을 시키기도 했다. 그래서 폭력은 참 무섭다. 여러 번의 가출과 일진 친구들과 함께 다니는 모습은 정말 지켜보기 힘들었다. 전화해서 집에 빨리 오라고 말하고 싶은데 전화를 받지 않아서 연속으로 50통을 한 적도 있었다. 딸은 결국 전화기 전원을 꺼버린다. 그때 사춘기 딸을 이기고 싶었다. 내가 원하는 대로 딸이 성장하기를 강요하는 모습이 내 모습이었다. 딸은 그렇게 강경한 아빠가 얼마나 답답하고 힘들었을까? 지금 생각하면 그 정도면 딸이 많이 참았다고 생각한다. 참 미안한 마음이 든다.

둘째 아들의 사춘기는 딸에 비하면 가볍게 지나갔다. 자기 주도적인 모습이었다. 중학교에서 또래 상담교육을 받고서 활동하였다. 둘째 아들까지 나는 여전히 이기고 싶은 아빠였다.

셋째는 창의적인 성격의 아들이다. 수업시간에 궁금해서 이것저것 질문했다. 선생님들이 너무 귀찮으셨는지 질문을 많이 한다고 벌점을 주셨다. 아들의 벌점은 점점 올라갔다. 벌점과 반비례로 학교생활은 흥미를 잃어 갔다. 그렇게 창의적인 아들이 결국. 고교 1년 입학식 날 자퇴를 결정했다. 아들이 이기는 것을 보고 싶었다. 아들이 원하는 것을 스스로 결정하고 그의 따른 책임이 어떤 것인지를 알게 하고 싶어 그 결정을 존중했다.

넷째의 사춘기가 가장 세다. 아들의 별명은 자유로운 영혼이다. 책을 좋아한다. 많은 책을 읽어서 말을 참 잘한다. 그런데 일진 친구들과 친하게 지냈다. 선배들 심부름하면서 선을 넘었다. 슈퍼에서 담배 절도사건이 생겼다. 당시에 나는 아들이 재학 중인 중학교 학교폭력자치위원으로 활동 중이었다. 절도사건으로 인해 아들과 나는 폭력자치위원회 심의를 받는 대상으로 그 자리에 앉아야 했다. 고개를 들 수가 없었다. 너무나 참담한 시간이었다. 그 시간 이후로 폭력자치위원 자격도 박탈되었다. 아내는 가해 학생 심리 프로그램에 참여하게 되었다. 이 사건으로 우리 부부는 완전히 힘이 바닥났다. 넷째아들이 그 자리에서 걸어 나오면서 "엄마. 나 한 번만 안아줘요."라고 한다. 너무나 미안하고 뭐라고 할 말이 없어서 그렇게 말했다고 한다.

어느 학자는 "사춘기 자녀를 키워보지 않고서는 인생을 논하지 말라."고 했다. 공감이다.

사춘기 자녀와 중년 아빠 누가 이겨야 할까요?

가족하면 떠오르는 것 •

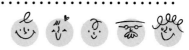

50대 여 **엄해정**

가족 하면 떠오르는 것은 임신. 미안함. 가족회의. 엄마 상담사. 가족 응원단이다.

결혼하여 3년 동안은 아이가 생기지 않아 눈물로 밤을 새운 적이 많았다. 큰며느리로 시집와서 아들을 낳아야 하는데 아이가 생기지 않는 것이었다. 시어머니는 매일 '누구는 너희보다 늦게 결혼했는데 임신했다더라. 누구는 아들을 낳았다더라' 등을 들으며 그때의 나는 엄마 소리를 들어보는 것이 소원일 정도로 울면서 기도했던 시간들이 있었다.

3년 후. 큰아이를 임신하니 세상을 다 얻은 거 같았다. 그 아이를 출산하고 100일 만에 다시 둘째아들 임신. 그리고 6년 후 늦둥이 셋째아들이 태어나서 아들 셋을 둔 엄마이기도 하다.

일하는 엄마로서 마음 한켠에 늘 아이들에 대한 미안함이 있다. 어린 시절 충분히 함께해주지 못함으로 사춘기에 혹독한 대가를 치러야만 했다. 이성으로는 어찌할 수 없는 사춘기를 겪어내며 엄마의 욕심과 아이들의 자유분방함은 충돌이 생겼다. 때로는 혼내기도 하고 화를 내기도 하면서 어른이라는 이유로 엄마라는 이유로 의도치 않게 아이들에게 상처를 주기도 하였다. 나의 욕심이 앞서는 마음에 많은 시행착오도 겪어내면서 가족 간의 문제해결 방법을 찾아내었다. 그것은 가족회의였다. 문제가 있으면 정식으로 원탁에 앉아 문제를 드러내고 해결책을 찾고 자신들의 의견을 말하고 가족들의 의견을 들어주며 나누었다. 그러한 과정을 통해 가족공동체는 점점 성숙되어졌다.

우리 세 아들들은 자기들 배우자감은 엄사임당 닮은 사람으로 데려오겠다고 이구동성으로 말한다. 아이들은 나를 '엄사임당'이라 불렀다. 현명하고 지혜로운 분이 나의 어머니라서 자랑스럽다고 카톡을 보내주고, 막내는 '어머니는 나의 신이십니다' 라고 너스레를 떨기도 한다. 아이들과 잘 지내는 방법은 존재 그대로 인정해주고 엄마가 상담사가 되어 아이들이 고민이 있을 때 상담하는 시간을 자주 갖는 것이다. 아이들과 함께 이야기하며 아이들 마음의 짐을 덜어 줄 수 있다. 짐을 내려 놓은 아이들은 다시 현장으로 돌아가 자기의 몫을 다하는 아이로 성장한다.

스무 살 막내는 엄마와의 상담을 좋아한다. 언제든 마음이 불편하면 "엄마. 우리 도형 좀 그려봐요." 하면서 다가온다. 그림을 통해. 컬러를 통해 아이의 마음에 공감해주면 아이는 금세 마음의 짐을 덜어 놓고 다시 활기참으로 돌아간다. 엄마 상담사의 보람이다.

내 삶의 또 다른 보람은 평생학습에 있다. 42살에 대학을 입학하게 되었고 경영학 석사. 디자인대학원 스페이스 퍼블릭 디자인 석사 수료. 지금은 57세에 부동산학 박사과정 3학기 재학 중이다. 늦은 나이에 공부를 시작했지만 박사과정까지 올 수 있었던 것이 자랑스럽고 뿌듯하다. 다음은 심리학 석사과정을 등록할 예정이다. 배우고 응원하며 사랑하며 향기로운 삶을 살아가고 있음에 감사하다.

삶의 매 순간을 아름답게 그리며 살아 갈 수 있는 것은 내 삶의 힘인 가족응원단 때문이다.

가족하면 떠오르는 것 •

50대 여 **김경순**

　부모님께서는 분명 열 손가락 다 챙기느라 애쓰셨을 텐데 어려서부터 난 어떤 챙김을 받았는지 아무리 생각을 해봐도 기억이 없다. 결혼할 때도 그랬고, 내 아이들 백일이나 돌 등 단 한 번도 물질적인 것과 마음을 헤아려 줌을 느끼지 못했다. 그렇게 성장하면서도 내 옷을 입어본 적이 없고 늘 남의 옷만 입던 나에게 처음으로 선물을 줄 수 있는 일을 하였다. 그 일은 이웃 마을의 과수원에서 초등학교 5학년인 내게 어른 품삯을 줄 테니 일을 도와 달라 해서 기쁜 마음으로 한 것이다. 방학 동안 일한 대가로 받은 품삯을 엄마에게 맡겨두었다. 몇 달이 흘러서 맡겨두었던 돈을 확인하니 그 돈은 진즉에 쓰고 없다고 하셨다. 배신감이 들었다. 그러나 다음 해에 또 다시 일을 했다. 이번에는 엄마에게 맡기지 않고 토방 밑에 땅을 조금 파고 묻어 두었다가 입고 싶었던 사복을 두 벌을 샀다. 이것이 내가 내게 준 가장 큰 선물이었다. 국민학교 수학여행은 가지 못했지만 중학교 수학여행 때 그 돈은 세상에 나왔다.

　그날 이후부터는 내가 나를 챙겼고, 결혼해서는 남편과 아이들에게 어린 시절 나와 같은 경험을 주고 싶지 않아 노력했다. 먼저 내게 해준 것들은 의복을 선택할 때 신중하게 유행에 민감하지 않을 옷들을 선택했다. 평생을 두고 하고 싶은 일을 위해 일하며 대학을 진학하고 더 나아가 석사와 박사과정, 다시 석사과정을 공부하며 자신을 더 전문화하고 사회와 소통했다. 예전엔 없었던 보석들도, 결혼할 때 다이아몬드 반지를 받는 것을 부의 로망으로 여겼던 것들도 내가 직접 일정 부분을 늘 비축하고 있다가 기회가 되면 내 것으로 만들어냈다. 해마다 세운 목표에는 외국 여행도 들어있었다. 작년부터 코로나로 인해 여행에 쓰여질 돈이 잠자고 있다.

남편에게 해준 것들은 술 마시고 몇 번이나 잃어버렸지만, 남편의 목엔 열 돈이 넘는 목걸이가 걸려있었다. 조금은 보여지는 것을 좋아하는 남편은 내가 선물한 것에 의미를 많이 두고 소중하게 잘 간직했다. 생긴 모습이 좀 강해 보이는 남편을 유하게 보이기 위해서 옷에 신경을 많이 썼다. 한 의류매장에 옷이 맘에 들면 아예 생산하는 공장에 들러서 여러 종류를 선택해 매칭해서 입게 했다. 백화점에서 판매하는 비싼 와이셔츠도 공장에 가서 아주 저렴한 가격에 구입하고 목의 첫 단추와 소매 부분의 단추는 좀 비싼 보석이 달린 단추를 대신 달아 입혔다.

아이들에게 해준 것들은 나는 헐벗어도 아이들 옷들은 아기 옷 전문 매장에서 구입해서 입혔다. 딸이 6학년 겨울방학에 첫 생리를 시작했을 때도 소중한 몸의 변화에 부모님의 특별한 마음을 전달하고픈 맘에 노란 후리지아 꽃다발과 케이크도 함께 사서 축하해주었다. 아들에게는 동생에게 함부로 해서는 안 된다고 주의도 주었다. 여성으로서 생명을 잉태할 수 있는 몸이기에 중학생이 되어서는 속옷 전문 매장에서 브래지어를 맞춰 주었다. 늘 헐거운 것을 입었던 나와는 다르게 아들이 대학에 갔을 때는 멋진 양복과 금 목걸이 일곱 돈을 선물했다. 딸에겐 다이아몬드가 박힌 화이트골드와 정장을 선물했다.

나의 결핍으로부터 시작된 그 사랑과 관심이 가족들의 행복과 만족으로 전해졌기에 그 모든 경험들을 사랑한다.

가족하면 떠오르는 것

40대 여 **이윤정**

가족과 함께할 수 있는 무언가에 늘 갈증이 있었다. 혼자서 하는 많은 것은 익숙하게 잘하지만 가족과 무언가를 함께 하는 것에는 왠지 모를 불편함이 있었다. 엄마에게 더 많은 사랑을 받고 싶어 하는 고만고만한 아이들과 아이들 못지않게 세심한 관심을 원하는 남편 사이에서 균형을 잡으려고 애쓰던 시절에 다섯 명이 함께 할 무언가를 찾기는 쉽지 않았다.

아이들은 몸으로 노는 것을 유난히 좋아했다. 그 시절엔 시시한 것들을 가지고도 오랫동안 놀 수 있었다. 집 앞에서 공놀이만 함께 해도 깔깔대며 즐거워했고, 비 오는 날 자기들 몸피만한 우산을 쓰고 가만히 서 있으며 비를 느끼는 것에도 즐거워했다. 오로지 체력만 있으면 놀이에 대한 많은 것들이 저절로 해결되었다. 그런 시간은 쏜살같이 흘러갔다. 아이들이 자라면서 당연히 공놀이보다 더 재미있고 신기한 놀이를 하고 싶어 했다. 그리고 반드시 아빠도 함께해야 한다는 조건을 붙였다. 과중한 업무에 허덕이는 남편과 함께하려면 일이 없는 토요일을 활용해야 했다. 그렇지만 토요일 오후 몇 시간을 가족과 함께 보내는 것에도 남편은 인색했다. 함께 나가기로 약속한 토요일 그 시간이 되면 "조금만 더 있다가", "한 시간 후에", "낮잠 좀 자고", "너희들 준비가 다 되면…." 이런 핑계를 대기 일쑤였다.

도시에 살고 있지만, 전혀 도시 같지 않은 이곳에서 가족과 함께할 수 있는 놀이는 오로지 '숲 안에서 머무는 것'이었다. 처음에는 돗자리와 물, 간단한 간식을 챙겨 나오는 데도 오랜 시간이 걸렸다. 세 아이는 아빠와 함께 하는 숲 나들이에 금요일 밤부터 기대감이 차오르는데, 남편의 행동은 굼뜨기만 하고 나는 이런저런 준비를 하며 식구들을 챙기느라 숲에서 쓸 체력이 금세 고갈되기 일쑤였다.

그러나 숲에서의 시간은 이런 고된 과정을 보상받을 만큼 짜릿함이 있었다. 사시사철 자연의 다양한 모습을 오감으로 체험하며 아이들은 자랐다. 작은 것에 큰 의미를 부여할 줄 아는 아이들은 숲에서 더욱 생기가 넘쳤고 반짝거렸다. 새순을 피워내는 모습, 콸콸 흐르는 계곡 물살의 움직임, 꿈틀대는 벌레의 모습, 나무 기둥의 단단하지만 따뜻한 감촉에 대한 생생한 반응은 '다음 주 숲'에 대한 기대감을 충족시키기에 충분했다. 남편과 나는 아이들의 섬세한 공감에 때때로 감동했다.

숲에서 보내는 시간에 시큰둥했던 남편도 조금씩 달라졌으며, 별거 아닌 말을 하며 낄낄대는 것도 숲에서 하면 더욱 특별했다. 지금보다 더 나은 부모가 되고 싶다는 구체적인 소망을 숲에서 키웠다. 감미롭고 나

른한 햇볕을 받으며 오르던 수많은 돌계단과 소나무 숲. 작은 새들의 경쾌한 지저귐과 바스락거리는 이파리들이 있는 숲은 그야말로 작은 낙원이었다. 아이들은 집 안에서 할 수 없는 많은 것을 숲에서 맘껏 펼쳤다.

남편과 다툰 후 그가 나에게 보내는 화해의 메시지는 이것이다.
"우리, 이번 토요일에 숲에 갈까?"

40대 남 **김주연**

독서 습관을 들인 지 몇 년 되지 않았다. 하지만 자녀들은 어린 시절부터 독서 습관을 들이길 바랐다. 이 생각은 내가 결혼 전부터, 아빠가 되기 전부터 가지고 있었다. 약 15년 전, 독서 습관보다 신문 읽기 습관을 먼저 들였다. 어머니께서 작은 식당을 운영하셨는데, 언제부턴가 그곳에는 신문이 항상 있었기에 들고나와 출근했다. 긴 출, 퇴근 시간에 종합 일간지를 정독하며 뭔가를 읽는 습관을 제대로 들였다. 기획 기사 중에서 '거실을 서재로'라는 기사가 있었다. TV를 없애고, 마치 서재처럼 거실을 활용하면 아이들의 독서 습관 형성과 생활에 큰 도움이 된다는 내용이었다. 그때 다짐했다.

"그래 나도 결혼하면 꼭 이렇게 만들겠어!"

감사하게도 '동정심'을 무한대로 발휘하셔서, 나와 결혼을 해주신 나의 아내. 당시에는 여자 친구. 10년 연애하다가 2010년에 결혼을 했는데, 틈만 나면 설득했다.

"우리 혼수 마련할 때 TV는 하지 말자. 당신도 책이 좋다는 거 알잖

아. 집에 TV가 없으면. 아이들의 독서 습관에 그렇게 좋다네~"

그러면 당시 여자 친구였던 아내는 항상 이렇게 말했다.

"누가 너랑 결혼한대!? 미쳤구나!? 그리고 혹시 만약에, 해준다 해도, 말도 안 되는 소리 하지 마! TV 없어도 읽을 애들은 다 읽어! 내 유일한 낙이 TV인데! 계속 그렇게 말도 안 되는 소리 하면 그나마 있던 '동정심' 도 없어지는 수가 있어!"

아…. 그랬다. 독서 습관보다 결혼이 더 중요했기에. 일단 '거실을 서재로'는 연기되었다. 그 결과. 혼수품에는 약 200만 원짜리 42인치 LCD TV가 당당히 포함되었다.

2012년 1월 첫 딸 '김별이' 만났다. 너무 예뻤다. 별이는 무럭무럭 자랐다. 책을 좋아하는 아이를 상상했다. 당연히 우리 부부도 흑백 초점 책, 칼라 초점 책부터 시작해서. 사운드 북, 팝업 북, '사과가 쿵', '까꿍 놀이' 등 많은 책을 준비했다. 그러나 웬걸…. 별이는 책보다 TV를 더 좋아했다. 책은 5초 봤다. TV는 계속 봤다. 그 모습을 지켜보던 아내는 나보다 더 심각해졌다. 아장아장하는 자녀가 책에는 5초 관심. TV는 무한 관심을 보이는 걸 보고는 이런 말을 했다.

"없애자!"

늦지 않았는지. 다행히 별이는 TV를 그리워하지 않았다. 별이는 책을 참 좋아하는 아이로 성장했다. 또한. 별이의 뒤를 이어 세상에 나온 '우주'. '하늘'이까지 TV는 여행할 때 숙소나. 다른 집에 놀러 가면 보는 '세상 신기한 물건'으로 여기며 책을 사랑한다.

자녀의 독서 습관을 기르는 방법들은 많을 것이다. 혹자는,

"좋은 건 알겠지만, 굳이 TV를 없애면서까지 그래야 해?"라고 할 것이다. 한 가지만 묻겠다.

"집에 있을 때 TV 보는 시간과 책을 읽는 시간이 각각 얼마인가?"

만약, TV 보는 시간이 더 많다면, 자녀 역시 그럴 것이다.

단언컨대, 부모든 자녀든 최고의 독서 습관 기르는 방법은 '거실을 서재로!' TV를 없애는 방법이다!

가족하면 떠오르는 것 •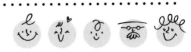

40대 여 **이루미**

가족하면 '아줌마'가 떠오른다. 아줌마는 티 안 나는 일상으로 한 가정을 움직이고 나라의 미래인 아이를 키우는 주요인물이다. 주요인물답게 별 감정. 별 일 다 겪으며 살아가지만. 그녀의 일상은 세상의 경력엔 속하지 않는다. 나의 일상도 그랬다.

모든 일을 접고 전업주부로 3년 있으며 이게 진정으로 성장하는 길이라 생각했다. 그해에 하고 싶었던 부모교육 기획과 자유기고 관련 재택일이 들어왔다. 열심히 했다.

"이번 달까지 하시고 다음 달부턴 쉬셔도 돼요. 하시던 일을 제가 맡아서 하게 되었어요."

목소리도 예쁜 젊은 아가씨의 전화였다. '부모 관련 이야기를 아가씨가 한다고?' 결혼도 안 한 아가씨에게 5개월 만에 밀리고 잘리며 느꼈다.

기존에 쌓아 온 경력들이 무뎌지고 뒤처지고 있음을….

원하는 일들을 하기엔 아직 턱없이 부족함을….

육아를 하며 이 모든 것을 채우기엔 더 많은 시간이 필요하고 그 채워짐은 참 더딤을….

주어진 이름은 많은데 어느 것 하나 만족스럽게 하고 있지 않은 모습. 그때는 그런 모습이 받아들이기 힘든 세 살 아이 엄마였다. 좋아하는 일 앞에 그런 모습을 바라보는 것도 힘겨웠고 기다려주지 않는 사회도 야속했다. 그렇게 버거워하는 나를 남편이 꼭 안아주며 말했다.

"우리 여보 잘하고 있어요. 내겐 당신이 늘 최고예요."

남편의 품에서 한없이 눈물이 흘러나왔다. 그런 나를 걱정스런 눈빛으로 바라보고 있는 딸에게 남편이 싱긋 웃으며 말했다.

"엄마 가슴 안에 있는 아픔이 눈물로 나와 마음이 깨끗해지는 중이야."

그 말을 들은 딸은 쪼르르 달려와 내 품에 안기며 속삭였다.

"엄마, 사랑해!"

그 말을 들으며, 품에 안긴 작은 새와 같은 딸을 보며 바닥을 치는 마음이 위로가 됐다.

지금은 부딪치는 현실 앞에 답답하고 조급해지는 마음들을 가족의 믿음으로 녹여가며 세상에 맞는 사람의 모습으로 천천히 꿈을 펼쳐갔다. 남편 일과 내 일, 육아도 하며 8개월 만에 작가도 되고, 훌륭한 전문가님들과 함께 햇살 심리학을 창시해 볼 꿈까지 이루어가는 중이다.

가족이란 이름 안에는 흔한 일상을 버텨주는 아줌마라는 소중한 사람이 있고. 그녀를 세상 밖으로 움직이게 하는 힘은 바로 곁에 있는 남편과 아이들에게 있다. 세상의 모든 아줌마와 그녀를 지지하는 가족들을 응원하다.

30대 여 **임소라**

　나는 사춘기 반항기가 시작될 무렵 아빠가 돌아가셔서 사춘기를 조용히 넘긴 착한 아이였다. 아이를 낳고 '나는 누구인가?' 질문을 시작으로 반항기가 시작되었다. 늦은 나이의 사춘기는 밤송이 가시보다 더 단단하고 치밀해서 신랑의 마음을 다치게 했다. 사랑과 보살핌만 받아도 부족한 시기인 신생아에게 차가운 눈빛을 발사하기 일쑤였다. 신랑과 아이에게 썩은 냄새 나는 감정들을 마구 던졌다. 인지하지 못하는 동안 소중한 내 사람들이 감정의 쓰레기통이 되어버렸다. 어느 날, 무심코 거울을 바라보는 순간 예전과는 다르게 날 선 눈빛으로 변한 나를 보고 정신이 번쩍 들었다.

　변화해야 했다. 무엇이 문제인지 무엇 때문에 가슴에 주먹만 한 화들이 들어있는지 알아야 했다. 그렇게 나를 찾는 여정이 시작되었다. 육아서, 심리서, 인문학 등 한 달에 10권 넘게 읽으며 자신에게 다양한 질문을 했다. 가시 돋게 하고, 가슴 안에 화를 담게 했던 이유를 조금씩 알게 되었다. 나 때문이 아니라고 위로하고 쓰다듬어주니 무거운 돌덩이들이 하나씩 밖으로 빠져나가는 것 같았다.

반항기가 지나니 밤송이는 솜털이 되었고, 날 선 눈빛은 애교 눈빛으로 변하였다. 나의 변화를 본 가족은 혼자의 시간을 존중하게 되었고, 서로의 말에 귀를 기울일 수 있게 되었다.

우리는 어린아이도 의견을 내도록 하고 그 의견이 실행될 수 있도록 힘을 모은다. 최근 4학년 조카가 집에 놀러와 편하게 고민을 털어놓았다.

"이모. 새 학년이 되어 친구를 사귀고 싶은데 친구 하자고 말할 용기가 나지 않아요."

"형. 나는 성격 좋은 친구도 친구고, 못되거나 소심한 친구도 모두 친구야. 친구 하자고 용기 내서 말하면 그 아이가 용기 있는 모습이 멋지다고 생각해서 친구 할 수도 있잖아. 아니면 처음엔 같이 놀자고 말하면 어때? 놀다가 친구가 될 수도 있잖아."

고민을 이야기하고 의견을 제시하며 함께 나누다 보면 구체화되거나 해결이 되는 것을 알게 되었다. 가족하면 떠오르는 것이자 우리 가족이 자주 하는 말인 "그래. 좋아. 하자!"는 서로를 존중하는 말이다. 그 말의 숨겨진 '너를 믿고 응원해. 사랑해.' 말 덕분에 사랑받는 느낌을 받아 살아갈 힘이 또 채워진다.

가족하면 떠오르는 것 •••••••••••••••••••••••••••••

30대 남 황준연

서로 심리테스트를 한 적이 있다. 커플의 친밀도를 알아보는 검사였는데. 검사 결과는 의외로 환상의 커플이었다.

'이렇게 싸우는데도 어떻게 환상의 커플이라는 결과가 나오는 걸까?'

하지만 이것은 잘못된 결과였다. 아니 착각을 했던 것이었다. 환상이 아니라 환장이었다. 우리는 환상의 커플이 아니라 환장의 커플이었다. 만나면 싸우는. 가능하면 만나서는 안 되는. 웃어넘기면 되는 심리테스트일지도 모르지만. 메시지 하나하나 너무 맞는 것 같아 한참 서로를 보며 웃었던 것 같다.

『화성에서 온 남자 금성에서 온 여자』라는 책이 있다. 남녀관계의 바이블이라는 이름에 걸맞게 많은 사람이 읽은 책이다. 남자와 여자는 각기 전혀 다른 언어와 사고방식을 가졌기에. 다를 수밖에 없고. 그래서 싸울 수밖에 없다고 한다. 그래서 다르다는 그 점만 이해하면 상대를 이해할 수 있다고 한다. 그리고 받아들일 수 있다고 한다. 그러고 보면. 분명

싸울 때는 내가 옳다고 생각하고, 중요한 문제라고 생각할 때가 많다. 하지만 1주일만 지나도 왜 싸웠는지도 생각나지 않고, 무엇보다 내가 실수했다는 생각을 하게 된다. 자존심 때문에 소중한 사람에게 큰 상처를 준 것이다. 정말 아무것도 아닌 자존심 때문에 말이다.

예정대로 결혼하게 된다면 아이가 생길 것이다. 그렇다면 이제 더 이해할 수 없는 존재들과 한 지붕 아래 살게 된다. 하지만 그때도 서로가 다르다고, 무엇보다 서로가 소중하다고 생각한다면 그래도 이해할 수 있지 않을까? 그것이 가족이 아닐까? 어떤 전문가가 말했다. "세상에 이해하지 못할 사연은 거의 없다."라고 말이다. 모든 것이 이유가 있고, 그럴 만한 이유가 있다. 인간관계에서 나만 옳다고 생각하지만 않는다면, 너그러운 마음을 가질 수 있지 않을까?

하지만 아무리 좋은 마음을 가지려고 해도, 또 싸울 수도 있다는 것을 안다. 하지만 잘 싸우자고 다짐해본다. 그것이 가족이 아닐까? 가까우면서도 먼 존재, 멀면서도 가까운 존재, 다 안다고 생각했지만, 꼭 그렇지도 않은 존재. 그래서 나는 가족 하면 고슴도치가 떠오르나 보다.

가족하면 떠오르는 것

20대 여 **정희경**

2020년은 생에 첫 자취를 시작한 해이다. 2018년. 2019년은 학교 기숙사에서 생활했는데 생활하면서 받은 벌점이 있어 2020년에 기숙사 입사가 가능한지가 불분명했다. 그래서 자의 반. 타의 반 자취를 결심했으나. 문제가 있었다. 바로 '엄마와 아빠를 어떻게 설득하느냐?'였다.

엄마는 처음에 걱정하는 것 같았지만. 이유를 잘 설명하니. 하고 싶은 대로 하라며 허락을 받았다. 아빠한테도 엄마한테 했던 것과 똑같이 이유를 설명했으면 좀 더 좋았겠지만. 왠지 어려웠다. '학교에서 열심히 공부하는 줄 알았는데 무엇을 했기에 기숙사 벌점을 받은 것이냐는 질문을 받을 것만 같았다. 그래서 아빠한테는 '자취하면 어떨 것 같아?' 이런 식으로 살짝 언급만 해보았지만. 긍정적인 답변은 아니었다. 그래도 일단 엄마한테 허락을 받았다는 것 하나로 나의 추진력은 폭발했다.

2019년 중순. 친구와 함께 여러 방을 알아본 끝에 마음에 드는 방을 계약했다. 부모님께 제대로 된 말도 없이 구한 방이니 계약금과 보증금은 차마 내달라고 하기는 어려웠다. 그래서 모아둔 아르바이트비로 해결하고 집 계약은 일단락되었다. 물론 집 계약을 했다고 선뜻 말할 수 없어 '나중에 얘기하자'라고 생각하며 말씀드리는 것은 미뤄두었다.

2019년 2학기가 끝나고 기숙사 짐을 빼는 날, 아빠와 엄마가 도와주기 위해 학교로 오셨다. 짐을 다 싣고 본가로 출발하기 직전, 이제는 말해야겠다고 다짐했다. 두근거리는 마음과 함께 "나 내년에는 자취하려고 방 계약했어."라고 했다. 아빠가 당황한 것 같으셨는데 왜인지 별로 티는 내지 않으려고 노력하신 것 같다. 결국, 본가로 떠나기 전 부모님께 자취방을 보여드렸고, 자취를 시작할 수 있게 되었다. 말하고 나니 십 년 묵은 체증이 내려간 것 같았다.

자취를 주제로 한 상황이 가족 내에서 처음인지라 내가 선뜻 얘기하는 것이나, 부모님께서 흔쾌히 허락하시는 것이 어려웠다. 이런 어려움에도 나의 선택을 존중해주신 부모님께 감사했다.

◆ 가족하면 떠오르는 것은?

그래도 괜찮아, 가족이니까!

| 3장 |

꼭 전하고픈 말

미안해요 & 고마워요

남들한테는 그리 많이 해줬던 말.

정작 내 자신에게는 못 했던 말.

미안해, 고마워, 사랑해.

- 행복전사 -

미안해요 & 고마워요

50대 남 **성정민**

아들이 묻는다. "아빠는 왜 목사님이 되었어요? 우리 집은 기독교라 너무 힘들어요." "어떻게 하면 힘들지 않겠니?" "내가 하고 싶은 대로 하면요." "그래 네가 하고 싶은 대로 하면 힘들지 않을까?" "글쎄요. 그런데 교회에서 가면을 써야 해서 너무 힘들어요." "너는 가면을 쓰지 않은 모습은 어떤 모습이야?" "잘 모르겠어요."

나에게도 이와 같은 시절이 있었다. 내가 누구인지 알지 못할 때. 착하기만 하면 된다고 생각하던 나의 모습이었다.

학창시절 일이다. 나는 성적이 좋지 않아서 원하는 고등학교에 입학을 못 했다. 아버지의 권유로 1년 동안 기술을 배우며 진로를 탐색하였다. 수련회 기간을 통해 신앙에 깊은 체험을 했다. 편지 한 통을 썼다. "서울에 가서 일하면서 공부하려 합니다. 도착하면 전화하겠습니다."라고 적었다. 아버지 주무시는 이부자리 밑에 넣어 놓았다. 작은 짐가방 2개를 들고 가출하였다.

내 성격은 누구에게 물어보는 것이 익숙하지 않았다. 지금 같으면 "아버지! 저에게 이런 마음이 들어서 서울에 가려는데 어떻게 하면 좋을까요?"라고 여쭈어보고 결정하였을 것인데 아쉽게도 그렇게 하지 못했다. 그렇게 묻지 않음은 나의 삶에 습관이 되었다. 40대가 되어 삶을 돌아보니 아버지를 무시하는 태도가 나의 마음에 있었다. '내가 아버지보다 더 나은 아버지야'라고 교만했었다. 그래서 어려움이 와도 아버지를 찾아가서 물어보지 않았다. 아버지 마음은 어떠하셨을까? 아버지가 세상을 떠나고 나니 이제야 나의 상황을 아버지에게 묻고 싶다. 아버지의 든든한 어깨에 기대고 싶다. 아버지 죄송합니다.

내게 미안하고 고마운 일은 또 뭐가 있을까?

어머니의 머리 수술이 필요하다며 일정이 잡혔을 때의 일이다. 나는 강의 중이었고, 다른 가족들은 아직 상경하지 못한 상황에서 가족 동의가 있어야 수술할 수 있는데, 그 동의를 아내가 했다. "제가 딸입니다." 병간호를 아내가 도맡아 했다. 또, 아버지가 매우 편찮으시다 하여 서울 병원에 모셨다. 검진결과는 폐암 4기였다. 의사소견은 6개월 시한부라고 한다. 아내는 5월에 시작된 아버지의 힘겨운 투병을 7월 9일 아버지가 이 세상을 이별하는 날까지 가장 가까이에서 몸과 마음으로 섬겨주었다.

부모님 두 분의 가장 아프고 힘든 시간을 오롯이 섬기고 위로하는 사람으로 함께 해준 아내의 얼굴에 주름살이 많이 보인다. 문득 마음에도 주름살이 있겠다는 생각이 든다. 본가의 문화 중에 새로 들어온 사람에 대해 평가하는 것이 있다. 이것은 이렇고 저것은 저렇고 하면서 비난을 쏟아냈다. 조금만 잘못하면 서로 가르치려 했다. 아내에게 비난이 와도 내가 막아주는 것은 고사하고 나 역시 아내를 비난하고 있는 모습이었다. 당시 아내는 가끔 나에게 이렇게 표현했다. "당신은 내가 필요할 때 내 곁에 없었어. 내가 지지가 필요할 때 오히려 내 편이 아니라 남의 편, 남편이었어." 너무 미숙한 나로 인해 그런 아내의 마음에 주름을 잡히게 해서 정말 미안하다. 마음의 주름을 펴는 방법이 있을까?

나의 가장 힘든 날 곁에 있어 주며 헌신과 따뜻하고 친절한 마음을 베풀어주고 현명하게 감당해준 아내가 정말 고맙다. 늦은 감이 있지만 진심을 담아 고백한다.

"여보. 당신의 수고와 진심으로 섬겨준 것에 대해 정말로 감사해요. 사랑합니다."

미안해요 & 고마워요 •

50대 여 **엄해정**

　나에게 삶의 매 순간은 감사이고 즐거움이다. 이렇게 마음의 여백을 가질 수 있게 해준 것은 마음공부 때문이기도 하지만, 그 옆에 든든한 남편이 있기 때문이다. 나는 남편을 다른 사람에게 소개할 때 '복토님, 나의 부처님'이라고 소개한다. 부처의 눈에는 부처만 보인다는 무학대사님의 이야기가 있기도 하지만 나는 그를 그렇게 생각하고 소개한다. 물론 최근에 와서야 그렇다는 얘기다. 이제야 "내가 철이 들어가는구나!"라는 생각이 든다.

　신혼 2년 차에는 이혼까지도 생각했었다. 성격 차이 이혼이라는 상황이 공감되었었다. 지금 생각해보니 별로 잘나지도 못한 내가 잘난 척하며 남편을 무시하니, 남편도 자존심은 있는데 여자한테 당할 수만 없어서 큰소리로 티격태격했었나 보다. 참 많은 시간을 감정 소모의 시간으로 보냈던 것 같다. 이제 나이가 들어 뒤돌아보니 그때는 뭐가 그리 잘났다고 남편을 함부로 무시했을까. 날카로운 말로써 남편에게 상처를 주었으니, 남편은 또 얼마나 아팠을까 생각하니 참 미안하다.

그랬던 때가 엊그제 같은데 벌써 결혼 30년이다.

요즘 그동안 못했던 사랑을 흠뻑 해주느라 바쁘다. 퇴근 후 남편에게
아로마 전신 마사지도 해주고, "수고한다. 고맙다. 당신 덕분이다"라고
기분 좋아지는 말로 샤워를 시켜준다. "여보 미안해요. 그리고 그동안
잘 참고 견뎌주어서 고마워요. 30년 동안 내가 못나고 부족해서 당신에
게 상처 주었던 거 그 깊었던 상처를 다시 사랑으로 회복시켜 줄게요."
라고. 미안한 사람도 남편이고 고마운 사람도 남편이다. 끄집어 내어놓
고 보니 그렇다.

나에게 참 많은 것을 주신 분 당신이었군요. 결혼 후 나에게 아내
가 되게 해준 사람도 당신이었고, 재정적인 풍요로운 자유를 준 사람
도 당신이었어요. 나에게 일터 겸 놀이터를 만들어 준 사람도 당신이
었고, 나에게 엄마가 되게 해준 사람도 당신이었어요.

늦깎이여대생 만학도의 기쁨을 누릴 수 있게 해준 것도 당신이었
고, 지역에서 유지로 활동할 수 있게 해준 것도 당신이었어요. 내가
원하는 모든 것을 다 할 수 있게 해준 사람이 당신이었네요. 이런 기
회를 통해 복토님에게 무한 감사를 드리네요. 찬란하게 빛나는 나의
삶이 당신이 옆에 있었기 때문에 가능했다는 것과 당신이 내게 이렇
게 많은 것을 해주었다는 것도 다시금 알게 되었어요.

게리 체프먼은 사람들은 다섯 가지 사랑의 언어를 사용한다고 한다.

인정해주는 말. 함께하는 시간. 선물. 봉사. 스킨쉽. 그런데 이 언어는 사람마다 다르게 적용된다고 한다. 오늘은 고마운 당신과 시간을 함께 하며. 당신은 어떤 사랑의 언어를 원하느냐고 물어봐야겠다. 물론 욕심 많게 5가지 모두다 해달라고 할 수도 있겠지. 설사 그렇다고 하더라도 사랑의 언어로 매일 흠뻑 샤워를 해주어야겠다.

나도 다섯 가지 언어 모두로 사랑을 받고 싶다.

미안해요 & 고마워요 ●

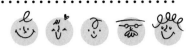

50대 여 **김경순**

사랑하는 가족들에게 미안하고 고마운 일을 한 사람씩 전하고 싶다.

"엄마 따라 일찍 철이 들고 시간활용도 잘하고 남들이 부러워할 만큼 자신의 몸을 잘 가꾸고 건강을 지키는 우리 딸. 엄마가 챙김을 못 받고 살았다고 생일이나 결혼기념일 등 시기적절하게 항상 이벤트 챙겨줘서 고맙네. 그 외 시외로 갈 때마다 환경 좋은 곳으로 숙소까지 잡아주고 집 걱정 없이 잘 쉬었다 오라고 챙겨주는 것도 너에게 참 고마워. 돈 생기면 나중에 해준다가 아니라 지금 필요할 때 즐길 줄 알아야 한다며 말할 때…. 가끔은 선생님 같아서 무서워."

"무심한 듯 잘 지켜보다가 엄마하고 다가와 무릎을 베고 내가 궁금하던 이런저런 이야기를 들려주고 세상 돌아가는 것까지 전문가처럼 설명을 잘 해주는 우리 아들 고맙다. 어린 시절 게임에 몰입해서 엄마에게 많이 혼났지. 무서웠을 텐데 정말 미안해. 성장기가 금방 지나가는 것을 엄마는 네가 게임 중독으로 갈까 봐 많이 불안했었지. 벌써 서른네 살.

이제 아내감을 소개해줄 나이가 이르지 않다고 생각하는데… 기다리마.”

"결혼 전과 결혼 후가 너무나 달랐던 당신을 이해할 수가 없었지요. 나이는 여섯 살이나 많으면서 생각하거나 배려하는 부분이 이해 안 되었지만 살아가면서 가족사를 알게 되고…. 그런 환경에서 그래도 내게 와줘서 감사했어요. 살아내기 위해 부풀렸던 거품 많은 자존심이 아이 아빠가 되면서 불같은 성정들이 조금씩 누그러뜨려 지고. 결혼 11년 차 대학에 들어가 중간고사를 치고 집에 들어와서 무릎을 꿇고 엉엉 울었던 것 기억나죠? 그동안 너무나 잘못 살아왔고 함부로 대해서 미안하다며 나의 마음을 헤아려 준 당신 고마워요.

같은 회사에 한결같이 근무하면서 아이들 대학 마치고 늘 배움에 고파하는 아내에게까지 아낌없는 지원을 해줘서 고마워요. 아이들의 아빠이고 내 남편이기에 누군가에게 험한 소리 듣는 것이 싫어 미연에 방지한다고 잘못한 것들 훈계하고 자존감 떨어지게 해서 미안해요. 어느 친구 결혼식장에서 스물한 살의 어린 나를 처음 보고 엄마와 누이 같고 따뜻한 아내가 될 것 같다며 무작정 쫓아다녔다고 했지요?

그렇게 이어진 소중한 인연으로 서로 같이 인내하고 살아온 세월 35년. 지난 세월에 들춰졌던 좋은 이야기는 이야기대로, 아프고 힘들었던 것들은 그것대로 덮어두어요. 자신이 하고 싶은 것과 건강 챙겨가며 사회에 조금씩 환원하는 삶 살아요.
지금도, 앞으로도 영원히 사랑할 내 짝꿍 남편님! 고맙습니다.”

미안해요 & 고마워요 ●

40대 여 **이윤정**

남편은 늘 바쁘다고 했다. 결혼해서 많이 들었던 말은 "나 오늘도 늦어.", "저녁 먹고 들어갈게.", "다음 주도 늦을 거야.", "내년엔 더 바빠질 거야."였다.

큰아이가 태어나기 전까지 직장생활을 했는데. 나는 정시에 퇴근하고 일 년의 회사 일정이 질서정연하게 적용되는 곳에서 일했다. 반면에 그는 업무량도 많고 야근이 빈번했으며. 퇴근 후 영업활동이 늘 있는 직장에서 근무했다. 자신의 경제적 기반이 약하다고 생각한 그는 다른 동료들보다 몇 배 더 열심히 일해야 한다는 생각에 사로잡혀 있었다.

모든 에너지를 바깥일에 쏟는 남편을 기다리는 날들은 생각 이상으로 힘들고 지루했다. 시부모님과 함께 살았던 시기와 직장생활을 했던 시기가 맞물려 있을 때는 더욱 혼자 집에 들어가기 싫었다. 퇴근 후 함께 시간을 보내는 일상은 나에게 있어 불가능한 일이었다.

큰아이가 태어난 후에도 상황은 달라지지 않았다. 그는 아이가 태어난 후 더욱 일에 매진했고. 결국 나는 현실을 받아들이기로 했다. 그의 동의가 꼭 필요한 것이 아니면 대부분의 가정 대소사들을 혼자 판단하고 처리하기 시작했다. 이런 생활 방식을 오랫동안 지속하였으며. 우리 둘 다 지금 상황에서는 그것이 최선이라고 생각하며 지냈다. 그렇게 무미건조한 날들을 꽤 오래 보냈다.

막내 아이가 태어난 후. 나 혼자 가정의 많은 일을 감당하는 것이 힘들어졌다. 남편에 대한 서운한 감정이나 불만이 걸러지지 않은 말들과 차가운 표정으로 표현되기 시작했고. 어느 날은 아이들도 힘들어할 정도로 망가져 있는 모습을 보이기도 했다. 그동안 잘 감당하며 지내왔다고 생각했는데 그저 참고 견뎌온 것뿐이었다. 돌이켜보면 부부로서 함께 나눈 것들이 부끄러울 만큼 없었다. 대부분 상황에서 그는 함께 많은 시간을 보낼 수 없는 이유에 대해 자신의 상황을 설명하고 나의 이해를 구했으며. 나의 잔소리나 모진 말들도 감수해주었다. 이상하게도 그럴수록 나는 더 싸늘해졌으며 나의 처지에 대해 비관하는 말과 행동을 서슴지 않았다. 늘 '지금. 당장'을 외쳐대는 아내로 변해가고 있었으며. 그런 행동은 그를 많이 지치게 했다. 그때는 몰랐지만….

결혼 후 감당하기 힘든 일들이 밀물처럼 다가왔던 시기가 지나고 조금씩 안정을 찾기 시작하면서 우리의 관계도 조금씩 안정을 찾기 시작했다. 거친 말들이 조금씩 다듬어지고 그를 바라보는 것이 덜 힘들어졌으며 인내를 가지고 기다리는 것에 익숙해졌다. 그리고 어느 순간부터 우리 둘의 공허한 눈빛과 마음이 비워지고 예전과는 다른 무언가로 채워지기 시작했다.

아직도 가끔. 그에게 날 선 말들을 내뱉을 때가 있다. 그리고는 이내 그 자리에 미안한 마음이 자리하기 시작한다. 그리고 언젠가는. 고마움과 사랑이 슬쩍 들어앉아 있기를⋯.

미안해요 & 고마워요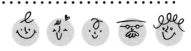

40대 남 **김주연**

나의 아내가 10년 전 나와 결혼한 이유는 뭘까?
그것이 내가 이 글의 주인공으로 아내를 선택한 이유다.

1999년. '세기말'이라는 말이 유행하던 시절에 지금의 아내를 처음 만났다. 내 나이 19살. 아내의 나이 20살. 그리곤 10년간 연애를 했다. 짐작하겠지만. 연애 10년 동안 별의별 일이 다 있었다. 10년간 연애하고 결혼한다니까. 주변 사람들이 '미쳤다'라고 했다. 솔직히 말하면. 내 주변 사람들은 단 한 명도 '미쳤단' 소리 안 했다. 아내 주변의 사람들만 미쳤다고 했다. 당시 내 나이 30살. 내세울 만한 것은 단 하나도 없었다. 그래도 굳이 내세우라면 '근자감-근거 없는 자신감'뿐이었다.

나는 태권도 사범이었다. 아직 운영자가 아닌. 다른 사람의 밑에서 쥐꼬리만 한 봉급을 받으며 일하고 있었다. 그마저도 대부분을 거동이 불편한 아버지와 생활하는 생활비로 충당하고 있었다. 더욱이 경력 7년 이상의. 앞으로 이 길을 계속 나아가야 하는 30대 사범이었지만 태권도 선

수 경력도 전무하고, 태권도를 전공조차 하지 않은 태권도 사범이었다. 한마디로 태권도장을 어떻게든 차려도 성공할 확률은 극히 낮았다.

정리하자면, 10년 연애를 한 여자와 결혼을 앞둔 남자가 있다. 남자는 태권도 사범이다. 봉급은 쥐꼬리만 하다. 그마저도 대부분을 거동이 불편하신 아버지와 생활하는 생활비로 쓰고 있다. 태권도 사범이지만, 태권도 선수 경력이 없다. 전공조차 하지 않았다. 이 남자가 가지고 있는 것이라곤 오로지 '근자감'뿐이다.

"내가 내 태권도장 차리면! 대박 날 거야!"
"태권도장 차리면 너 일 안 해도 돼! 내가 한 달에 몇백 아니 몇천씩 갖다 줄게!"

아내는 이 말을 들을 때마다, 기가 찼단다. 그런데 아주 조금은 좋았단다. 또한, 10년간 옆에서 지켜보며, 태권도 사범이라는 일에 대한 나의 열정에 반했단다. 그렇다면, 이런 것들이 나와 결혼을 한 이유일까? 아니다. 아내가 10년간 나를 만나며 봐왔던 건 그 열정뿐만이 아니었다. 20대 남자가 거동이 불편하신 아버지를 부양하며 사는 모습도 계속 지켜본 것이다. 보통의 경우라면, 남자의 이런 사정을 알게 된 여자는 도망갔을 것이다. 하지만 아내는 도망보다는 결혼을 결심했다. 지금도 땅을 치고 후회하는(?) '나 아니면, 이 불쌍한 사람을 구제할 사람이 없어.'라는 생각을 하게 된 것이다. 그래서 아내는 '동정심'이라는 단어를 정말 싫어한다.

얼마 전 아내가 물었다.

"여보, 당신은 우리 딸들이 나중에 커서 결혼할 때, 당신과 똑같은 사람과 결혼한다고 하면 어떻게 할 거야?"

"미쳤어!"

일 초의 망설임도 없이 대답했다.

이보다 더 '미안해요 & 고마워요'에 들어맞는 이야기는 없을 듯하다.

미안해요 & 고마워요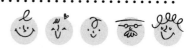

40대 여 **이루미**

"아가씨, 이거 좋아하잖아. 먹어봐."

나보다 두 살 어린 막내 올케언니는 그렇게 내가 좋아하는 것들을 잘 알고 챙겼다. 언니는 22살에 시집와 시누이 셋, 아주버님 셋 그리고 시부모님까지 있는 집에서 신혼생활을 시작하고 지금껏 19년을 그렇게 살았다. 착한 우리 가족이라지만 22살 어린 숙녀에겐 참 고달픈 고행길이었을 것이고 우리 역시 어린 며느리를 받아들이는 건 쉽지 않은 일이었다. 서로 서운하기도 이해 안 되기도 한 날은 문 닫고 서로 보지 않으려는 나날들도 거치며 속속들이 이해하고 챙기기까지 딱 3년 걸렸다. 그런 추억과 함께 아가씨 때부터 막내 올케언니에게 참으로 고마운 것들이 셀 수 없이 많다.

결혼해서도 친정에 얹혀사는 시누이가 뭐가 예쁘다고 막내 올케언니는 임신한 내게 애 셋 키우기에도 빠듯한 형편에 맛있는 것들을 사다 주었다. 그때 너무 미안했다. 언니가 임신했을 때, 난 아가씨 때라 그렇게까지 헤아리지 못했기 때문이다. 임신했을 때 먹고 싶은 거 해주고 사주는 사람 그리고 그 마음. 없는 삶이었으니 내겐 더 없이 귀한 마음과 음식이었다. 좀 지나 올케언니는 나와 같이 임신을 했고 우린 서로의 입장을 더 잘 이해하게 되었다.

그러나 방 한 칸의 친정살이는 쉽지 않았다. 그런 나날들이 계속되다 얹혀사는 우리 부부가 안쓰러운지 큰언니 부부는 자기네 집을 내어주고, 언니네는 다른 작은 집에 가서 살았다. 언니 부부는 우릴 소개해주었다는 그 무거운 책임감을 우리와 함께 어려움을 감수하는 것으로 대신하는 듯했다. 그건 넉넉해서도 아니었기에 우리 부부 가슴에 평생 남았다.

그런 형편에 있는 막내 부부임에도 언니 부부는 단 한 번도 우리에게 쓴소리를 하지 않았고 늘 우리를 믿어주고 존중해주었다. 마음을 편안하게 해주는 안식처는 꼭 부모만이 줄 수 있는 것이 아니었다. 무슨 말을 하든 들어주고 어떤 모습도 수용해주는 큰언니 부부는 엄마 없는 우리 부부에겐 든든한 안식처이자 가슴 깊이 미안하면서도 고마운 사람들이다.

이 외에도 나를 있게 하고 여기까지 오게 하신 가족들과 지인분들에게 미안하고 고마운 일은 셀 수 없이 많다. 그 모든 날과 나도 모르게 상처를 주고 혜택을 받은 순간들에도 미안함과 감사함을 전하고 싶다.

미안하고 고마웠던 순간들. 그것들이 부족한 점이 많았던 과거의 나를 지나 지금의 나를 있게 했다.

미안해요 & 고마워요

30대 여 **임소라**

신혼부터 주말부부인 우리에게 아이가 태어나 3살까지 눈앞이 캄캄해서 멀리 보지 못하고 당장 일어나는 일들을 처리하기 급급했다. 체력과 이성이 바닥난 상태였던 때. 삼 주 만에 온 신랑에게 말했다.

"지금 당신이 어떻게 하느냐에 따라 미래에 당신은 객이 될 수 있고 가족이 될 수 있어. 지금처럼 한다면 당신과의 추억은 없기에 혼자 쓸쓸하게 늙어가게 될 거야."

가슴을 갈가리 찢어놓은 협박의 말을 하고 잠을 청한 날이 수십 번이었다.

몇 주 만에 집에 오는 신랑은 집이 편할 리가 없었다. 아이하고 놀아주고 싶어도 오랜만에 보는 아이는 커 있고 좋아하는 놀이도 바뀌었다. 어떻게 해야 하는지 방법을 몰라 선뜻 다가서지 못했던 것이다. 거기다가 아내의 눈빛은 매서웠고. 마음은 얼음장처럼 차가워 다가서게 되면 감정이 얼얼해질 정도였을 것이다.

결혼과 육아라는 것이 즐겁고 행복한 거라고 하지 않았나? 왜 난 더 힘들어졌고 사랑했던 사람이 싫은 거지? 나를 힘들게 만든 것이 모두 그 사람 탓 같아서 결혼 후부터의 시간을 지워버리고 싶은 심정이었다.

이 터널에서 벗어나기 위해 함께 노력했다. 서로를 이해하지 않고 그대로 보고, 그대로 받아들이기로 했다. 우리는 진심어린 대화로 시작했다. 그리고 신랑의 마음을 말로 표현해달라고 부탁했다. 나 또한 추측과 상상이 아닌 상황만 이야기했고, 쌓아두고 묵혀둔 감정이 아닌 그 상황에서 어떤 감정을 느꼈는지를 설명했다.

'나도 잘하고 싶어. 추억 만들고 싶어. 손바닥만 한 아이가 이럴 땐 어떻게 해야 하는지? 놀아줄 때 어느 정도 강도로 놀아줘야 안 다치는지? 옆에 없어서 그런 것들을 모른단 말이야. 힘이 센 내가 만지면 이 아이가 죽을 것 같단 말이야. 겁나. 어떻게 해야 하는지 알려줘. 제발!'
비로소 신랑의 마음의 소리가 들렸다.

그 소리 덕분에 느리고 서툴지만 함께 해나갔다. 다짐을 믿기 보다는 우리의 노력을 믿기에 느린 한걸음마다 미안하고, 고맙다고 새겨놓았다.
신랑이 아이와 함께 하는 시간이 쌓일수록 노력하는 모습에 감동 받으며, 아빠와 함께 하는 시간을 기다리는 아이에게 내가 그 시간을 주지 않은 것 같아 미안했다.

오늘도 한걸음마다 새긴 말을 꺼내본다.
'아이들에게는 아빠의 자리가 필요하다.'

미안해요 & 고마워요

30대 남 **황준연**

어느 날, 독후 활동으로 유서를 쓴 적이 있다. 내 유서 내용 중 일부는 아래와 같다.

상큼아. 우리는 어제도 싸웠지. 내가 뭐 그렇게 잘 났다고, 또 네가 뭘 그렇게 잘못했다고 그렇게 싸웠을까? 사랑하기도 부족한 시간에 우리는 왜 이렇게 자주 싸울까? 돌아보면 미안한 마음뿐이야. 곧 결혼하려고 했는데 갑자기 간다니 좀 그렇네. 그래도 결혼하고 나서가 아니라서 참 다행이라는 생각이 든다. 그래도 생과부는 아니니까. 늘 말하는 것처럼 좋은 사람 만나서 행복하게 살아. 천국에서 기다리고 있을 테니까 나중에 다시 만나자.

그리고 이 부분을 여자 친구에게 보내고, 원고 작업에 들어갔다. 그런데 부재중 통화가 엄청나게 들어왔다. 여자 친구였다. 거의 울고 있었다.

"무슨 일이야? 카톡 보낸 거 뭔데?"

그때 생각났다. 전체를 보낼 걸. 한 부분만 보내서 충분히 오해할 만했다. '숙제였어.'라고 말하며 전화를 끊으려고 했다.

"내가 미안해. 그러니까 이런 마음 갖지도 말고, 생각도 하지 마."

잘못 보냈던 톡으로 그녀의 마음을 확인할 수 있었다.
"늘 미안하고 고맙고, 사랑해."

그 교수의 강의와 또 이 글을 읽은 이후 부모님을 대하는 태도와 또 여자 친구를 대하는 태도가 달라졌다. 소중한 사람이니까 말이다. 어느 노래의 가사처럼 사람들은 늘 함께 있어 소중함을 가끔 잊는 것 같다. 가까이 있지만, 함부로 대하지 않고, 더 조심히 대했으면 한다. 이 세상에 단 하나뿐인 소중한 사람이기 때문이다.

소문난 금슬의 션과 정혜영 부부의 이야기를 들은 적이 있다. 션은 날마다 만난 날을 계산하고 또 기억한다고 한다. 하루에 5분 정도라도 그렇게 생각하며 감사한 마음으로 상대방을 대한다고 한다. 그러면 화낼 일도 없다고 한다.

1280일. 정말 많은 날 그녀를 만났다. 나도 매일매일 이 시간을 기억
해야겠다. 이 시간을. 이 사람을 소중하게 대해야겠다.

미안해요 & 고마워요 ••••••••••••••••••••••••••

20대 여 **정희경**

'미안하다', '고맙다', '사랑한다.'라는 표현은 가까운 사람에게 더 자주 해야 하는데, 왜인지 가족들에게는 말하기가 괜히 민망하다. 부모님이 자취하는 딸과 소통할 방법은 주로 전화이다. 엄마랑은 1~2일에 한 번, 아빠가 1~2주에 한 번 전화하고 2분 내외의 통화로 서로의 안부를 물은 뒤 끊는다. 연락도 먼저 하고, 이런저런 일이 있었다며 재잘재잘 얘기하는 딸이지 못해서 미안한 마음이 든다.

초등학교 때 수영, 발레, 주산 학원도 다녔고, 컴퓨터 자격증, 한자 자격증을 따는 등 부모님 덕분에 다양한 경험을 할 수 있었다. 그리고 부모님이 나를 믿고 지지해준다는 그 사실만으로도 나의 효능감은 굉장히 높았다. 그래서 무엇인가 배운다는 것에 흥미를 붙일 수 있었다. 그리고 중, 고등학교 시절에 "성적표 가져와.", "공부해."라는 말은 한 번도 들어본 적이 없다. 성적이 어떤지 궁금하시긴 했겠지만, 추궁한다든지, 재촉한다든지 부담을 준 적은 없으셨다. 그래서 오히려 공부할 때 스트레스를 받지 않고 공부하는 그 자체가 즐거워서 열심히 공부할 수 있었다.

교사라는 꿈을 갖게 된 지 15년은 넘었고. 올해 있을 임용고시를 준비하는 단계에 왔다. 여기까지 올 수 있게 많은 도움을 준 가족에게 굉장히 고마운 마음을 갖고 있다. 수험생 시절 새벽 2시까지 공부하고 아침 7시에 기상하는 날들이 반복될 때. 부모님께서도 나와 같이 수험생활 중이셨다. 나보다 먼저 일어나서 깨워주시고 정성스레 아침밥 차려주신 엄마. 늦은 귀가에 피곤하실 텐데 기다렸다가 데리러 와주신 아빠. 어쩌면 나보다 더 수험생 같은 하루하루를 지내고 계신다는 생각에 미안하면서도 고마웠다.

18년도 수능은 지진으로 인해 시험이 1주일이 미뤄졌던 시험이다. 수능 전날도 평소와 같이 공부한 뒤. 귀가하며 독서실에 두었던 모든 책과 짐을 정리했다. 쌓인 책들을 보니 지난 1년이 파노라마처럼 스쳐 지나갔다. 그동안 했던 마음고생들이 물밀 듯 떠올라 집으로 가는 길 내내 울었다.

집에 도착한 뒤 다음날 가져갈 짐을 챙기며 뉴스를 보고 있었다. 포항 지진으로 인해 뉴스에서 수능을 어떻게 할 것인지에 대한 보도가 많이 나왔다. 처음에는 수능은 정상적으로 진행된다는 보도였으나 몇 분 뒤에 수능을 1주일 미루는 것으로 결정되었다는 뉴스가 나왔다. 나와 가족 모두 어리둥절했다.

절대로 무너지지 않는 벽 같았던 수능이 이렇게 한순간 미뤄지니 '왜 이렇게 수능을 두려워했지?'라는 생각이 들었다. 그 후 일주일간 부족했던 부분들을 보완했고 별 탈 없이 응시할 수 있었다. 나의 입시를 위해 1년간 함께 고생해준 엄마, 아빠, 동생이 있었기에 수험생활을 지낼 수 있었다.

◆ 가족에게 미안한 일과 고마운 일은?

가슴에 있는 말 말 말

당신이 하는 다음 말이
당신의 세상을 바꾼다.
- 마셜 B. 로젠버르 -

50대 남 **성정민**

온 가족이 함께 둘러앉은 동그란 밥상이 생각난다. 김이 모락모락 피어오른 밥상에 맛있는 반찬이 보인다. 달걀이나 생선이 보이는 날은 침이 꿀꺽 넘어간다. 나에게 식사 시간이란 '하지 마라'의 시간이다. 아버지의 눈치를 살핀다. 밥 먹을 때는 쩝쩝거리지 마라. 말하지 마라. TV 보지 마라. 멍하니 한눈팔지 마라. 한 가지만 먹지 마라. 먹을 때는 입을 닫고 씹어라. 골고루 먹어라. 이 하지 말라 항목 중에서 먹을 때 아버지의 레이더에 걸리면 아버지의 눈빛이 달라진다. 맛있는 음식을 즐겁게 먹으면 좋으련만 그때가 안쓰럽게 생각되었다.

셋째아들이 중학생이 된 어느 날 "아빠랑 함께 밥 먹기 싫어요." 깜짝 놀라서 다시 아들에게 묻는다. "응? 아들. 무엇 때문에 그래?" 아들이 말하기를 "아빠! 쩝쩝거리면서 먹지 마세요. 쩝쩝거리면서 먹지 말라고 하시더니 아빠가 그러시잖아요." 충격이었다. 어릴 적에 아버지랑 밥 먹기 싫어서 힘들어했었는데 내가 똑같은 모습을 하고 있다. 아버지가 나에게 한 말이 내 삶에 그대로 들어오고, 나도 모르게 그렇게 교육하고, 이제는 아들이 나에게 똑같은 말을 한다. 이 부정적인 고리는 언제쯤 끊어질까?

아버지는 언제나 불편한 존재였으므로 안부 전화는 언제나 어머니와 했다. 아버지가 되고 나니 아버지께 전화할 용기가 났다. 전화하면 보통 이렇게 통화했다. "여보세요? 아버지세요?" "응. 나다!" "잘 계시죠?" "그래 잘 있다. 며느리랑 애들은 잘 있냐?" "네. 잘 있어요. 아버지도 별일 없으시죠?" "응. 잘 있다." 잠시 할 말이 없다.

머뭇거리다가 "음. 엄마 바꿔주세요."로 아버지와 통화는 이내 끝나곤 했다.

군부대에 강의하러 갔다가 아버지께 전화를 드렸다. "아버지, 제가 군부대에 아버지에 대해 강의하러 왔어요." 그랬더니 아버지께서 "그랬냐? 참 잘했다. 아들!" 처음 듣는 아버지 칭찬에 기분이 좋아졌다. 그래서 문득 질문을 던졌다. "아버지, 제 나이 때 아버지는 얼마나 힘드셨어요?" 나도 모르게 질문이 나갔다. 잠시 수화기 너머로 아버지의 숨소리도 들리지 않았다. 나도 갑자기 먹먹해졌다. 그 순간 아버지도 내 나이에 힘들었을 무게감이 오는 것을 느꼈다. 내 눈엔 눈물이 고였다. 그렇게 잠깐 소리가 멈추어지고 다시 내가 말을 이어 갔다. "아버지. 이제 70이 다 되어 가시는데 요즘 마음은 어떠세요?"라고 여쭤보니 그제야 숨을 내쉬면서 "세상이 참 허무하다."라고 하신다. "그러시군요." 하면서 통화가 마무리되었다.

그때 처음으로 아버지와 나는 속마음을 텄다. 이후에 아버지가 먼저 전화하시기도 한다. 전화로 30분간 마음 이야기를 통화한 적도 있다. 아버지의 칭찬 한마디가 아들의 정서를 확 풀어주는 것을 알았다. 나 역시 자녀들에게 그렇게 할 것을 다짐해본다.

"아들아, 참 잘했다."

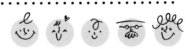

가슴에 있는 말 말 말 ·····························

50대 여 **엄해정**

작은 일에도
무시하지 않고 최선을 다해야 한다.

작은 일에도
최선을 다하면 정성스럽게 된다.

정성스럽게 되면 겉에 배어 나오고,
겉에 배어 나오면 겉으로 드러나고.

겉으로 드러나면 이내 밝아지고,
밝아지면 남을 감동시키고.

남을 감동시키면 이내 변하게 되고,
변하면 생육된다.

그러니

오직 세상에서
지극히 정성을 다하는 사람만이
나와 세상을 변하게 할 수 있는 것이다.

- 중용 23장 -

50대 여 **김경순**

6·25전쟁을 겪으시고 이 땅을 일군 우리 부모님 세대에서는 참 많이도 굶고 어렵게 생을 연명하시면서도 우리를 이 땅에 있게 하셨다. 없는 살림에 자녀 수는 많았고 자주 하셨던 말씀은 '형제지간에는 콩 한 쪽도 나눠 먹어야 한다'며 우애를 챙기게 하셨다.

부모님이 고희를 넘기시고는 자식들 모두에게 공부도 못 시키고 고생 많이 시켰노라며 천만 원씩을 주셨다. 자식 모두에게 나눠주시기 위해 그 오랜 세월 날품팔이로 뙤약볕에 흘린 땀방울이 얼마나 많았을까? 참 가슴 아픈 돈이다. 기대한 적도 없었지만 받고 보니 죄스럽다. 그러나 예전에 아버지는 밥만 먹고 살면 되지 욕심을 부리면 살아갈 수 없노라 하시며 가난을 불평하는 내게 그러셨다. 그 당시 아버지는 하늘이 주신 형편대로 살아가는 것이라며 모래에 혀를 박고 죽는 한이 있어도 남에게 아쉬운 소리는 못하시는 분이셨다.

그 이후부터는 그런 불평은 하지 않았고 근검절약을 몸에 익히며 살았다. 그리고 이 상황을 벗어나려면 교육만이 살길이라고 생각했다. 우리 가족 중에 누군가는 앞장서서 희생을 해야 된다고 생각했기에 이런 환경을 제일 힘들어 하는 내가 먼저 세상에 발을 내딛어 행동으로 실천했다. 그래서 고향을 떠나 어린 나이에 객지생활을 하게 된 것이다.

힘겨운 객지생활이 시작되었고 단 한마디 말을 부여잡고 살았다. 중학교 근처에 사시는 대구 할머니의 말씀이셨는데 이 말을 꼭 명심하고 말과 행동을 조심해야 한다고 하셨다.

"○○아. 너그는 경주 김씨 27대손 ○○공파라는 것을 잊지 말그래이 경순왕의 후손들이다."

물줄기 원천으로 돌아가 보면 우리의 조상이 왕이 아닌 분이 어디 있고, 양반이 아닌 조상이 없지 않은가.

그러나 학교 졸업식도 못 하고 처음 객지생활을 접하는 내게 살아가는 힘이 되는 말씀이었다. 경상도 말이 투박하고 무서워서 직장생활을 하는 동안 친구가 없었다. 그리고 고등학교를 모르게 다니며 공부하느라 유행하는 문물들도 거부했다. 공부하며 자취생활을 했기 때문에 허리띠를 졸라매야 했고 정해놓은 생활비가 바닥이 나서 베지밀 한 병으로 하루를 버틴 날들이 여러 날이었다. 그러고 나면 먹은 게 없으니 화장실에 가기도 어려웠고 힘겨운 날들의 연속이었다.

할머니께서 일러주신 언행을 조심해야 했기에 나의 궁핍함을 누구에게도 티 내기 싫었고 그럴 수가 없었다. 스스로가 잘 참아내는 것이 가문을 잘 보존해가는 길이라 생각했고. 그런 자신을 자랑스럽게 생각하며 힘든 시기를 잘 버텨 왔다. 어떻게 보면 일찍 가난을 경험해서인지 가정에 있는 모든 살림살이는 우리의 땀방울이 스며든 것들이고 이것보다 어려워진다 해도 겁낼 것도 없게 되었다. 어른이 되어 새로운 일이 생길 때마다 주저하지 않고 일을 해내는 것도 가난으로 인해 다져진 생활력이라고 생각한다. 그래서 지금 누리는 여유로움도 당연하고 감사하게 여긴다. 부모님과 대구할머니 덕분이다.

성장하는 시기에 누군가가 들려주는 소중한 한마디의 이야기는 자신을 바로 세워주는 길잡이가 된다.

가슴에 있는 말 말 말 • • • • • • • • • • • • • •

40대 여 **이윤정**

딸과 함께 있으면 유쾌하고 행복하다. 예쁘고 고운 말. 누가 들어도 마음이 밝아지는 말을 자주 하기 때문이다. 작고 앙증맞은 입을 통해 흘러나오는 고운 말은 삭막할 때가 많았던 내 마음을 따뜻하게 어루만져 주었다. 고된 하루를 마감하고 피곤함과 공허함이 밀려오는 날. 남편과 말다툼을 심하게 한 날. 몸과 마음이 매우 아픈 날에 잠자리에서 듣는 아이의 말은 더욱 특별했다.

아이가 글자를 쓰기 시작하면서 하루에도 여러 번 가족들에게 짧은 편지를 쓰기 시작했다.

그 편지를 가장 많이 받은 사람은 나였다. 나는 엄마였으므로…. 아이의 진심이 가득 담긴 편지를 읽으면 마음이 금세 보드라워졌고 눈매는 순해졌다. 생일처럼 특별한 날엔 선물이나 케이크보다 아이가 전해 주는 말이 훨씬 달콤했다.

맞춤법이 틀려도. 표현이 완벽하지 않아도 아이의 글엔 특유의 따뜻함과 뭉클함이 있었다.

　감당하기 힘든 수술을 여러 차례 받고 몸과 마음이 힘들 때도 자신의 힘들고 슬픈 마음을 "지금은 힘들지만. 곧 내 마음에 사랑이 찾아올 거야."라는 식으로 표현하는 것에 감동했다.

　말에 관한 세상의 많은 가르침보다 아이가 늘 하는 말이 그 어떤 가르침보다 준엄했고 크게 다가왔다. 일상에 치여 거친 말들을 여과 없이 내뱉는 내 모습이 아이의 모습과 겹쳐질 때 특히. 아프고 부끄러웠다.

　아이의 말과 글에 항상 빠지지 않고 나오는 단어는 '사랑'. 그리고 '가족'이다. 항상 곁에 있어서 소중함을 모르는 것들이 향기로운 말로 내 앞에 종종 나타난다. 아이와 함께 사는 동안은 그것들의 가치를 잠시 잊고 살아가는 순간이 있어도 이내 나의 자리로 돌아올 수 있을 것이다.

　아이에게 받은 사랑의 말이 우리가 함께 한 시간만큼 내 마음에 차곡차곡 쌓여있다.

　늘 고맙다.

가슴에 있는 말 말 말

40대 남 **김주연**

가족들에게 하고 싶은 말과 듣고 싶은 말이 있다.

첫 번째 하고 싶은 말.
"나의 사랑하는 아이들아. 하나님을 알고. 하나님께서 동행해 주시기를 구하고. 하나님께 감사하며 살자."
32살 부모가 되고서야 하나님을 알게 되고. 감사하게 되었다. 나의 자녀들은 부모보다 먼저 하나님을 알고. 그분께 감사하며. 동행해 주시기를 간구하는 삶을 살길 바란다.

두 번째 하고 싶은 말.
"나의 사랑하는 아이들아. 항상 운동하며 살아가자."
건강보다 중요한 것이 있을까? 아이들이 운동하는 삶을 살길 바란다. 일과 중 최우선순위를 운동에 두길 바란다. 운동해야 건강하고. 건강해야 뭐라도 할 것 아닌가.

세 번째 하고 싶은 말.

"나의 사랑하는 아이들아. 독서를 사랑하자."

37년간의 독서량보다. 1년간의 독서량이 더욱 많을 것이다. 37살 때부터 생존을 위해 독서했다. 본격적으로 독서를 시작한 지 불과 몇 달 지나지 않아 생각했다. '지금까지 독서를 안 하고 어떻게 살아왔지?' 나의 자녀들이 독서를 사랑하길 바란다.

아이들이 건전한 신앙생활을 하고. 운동과 독서가 생활이 되길 바란다. 그렇게 되기 위해 부모인 내가 먼저 열심히 한다. 보여준다. 아이들은 가르치는 대로 배우지 않는다. 보는 대로 배운다.

듣고 싶은 말은 내 지갑의 신분증 뒤에는 딱지 모양으로 고이 접은. 10년 된 메모지에 들어있다. 그 안에 아내와 큰딸에게 듣고 싶은 말이 적혀있다. 11년 전 결혼하고 첫 딸을 얻고 작성했다. 앞으로 이렇게 살겠노라고. 그래서 미래에 아내와 별이에게 이런 말을 듣겠노라고.

나의 아내가 되어준 세상 단 한 사람에게 먼 훗날 이런 말을 듣도록 생활하자!

"다시 태어나도 당신과 결혼할래요."

사랑하는 딸 별이가 장성하여 결혼할 나이가 되었을 때. 이런 말을 듣도록 생활하자!

"전 아빠 같은 남자하고 결혼할 거예요."

지갑에 고이 보관하고 있는 메모지는 일 년에 한 번 정도 꺼내 보고 있다. 하지만 절대 그 내용을 잊지 않는다. 언제나 내 가슴과 머리에 각인되어 있다. 내가 그렇게 살도록 이끌어준다.

언젠가 정말로 이런 말을 들을 때. 감격의 눈물을 흘리리라. 그리고 '고마워.'라는 말을 해줄 것이다.

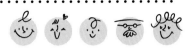

40대 여 **이루미**

엄마는 마흔한 살 때 나를 가지셨다. 일곱 명의 남매를 키우기에도 버거웠을 엄마가 늦둥이인 나를 가짐을 알았을 때, 그 마음은 어땠을까? 몸도 안 좋으셨다 들었는데 나라면 어땠을까를 생각하니 그 마음이 헤아려져 한없이 미안하고 감사함이 느껴진다.

그런 순간에 있는 엄마에게 한 스님이 찾아오셔서 이런 말씀을 하셨다고 한다.
"이 아이 꼭 낳아요. 이 집이 술술 풀릴 거예요. 아주 크게 될 아이예요."
'말이 씨가 된다.' 믿는 엄마셨기에 그 스님의 말씀은 큰 힘이 되었을 것이다.

그래서였을까? 엄마는 날 낳고 몸도 생활도 좋아지셨다고 했다. 나를 갖고 고민도 많이 되시고 힘드셨을 텐데 이렇게 낳아주시고 좋아지셨다니 정말 다행이다. 그러지 않았다면 난 얼마나 사무치게 죄송스러웠을까…. 또 마침 스님이 찾아와 저런 말씀을 해주셔서 참 감사했다. 말은 믿음의 힘으로 자라난다고 한다. 어떤 말을 믿느냐도 중요하겠지만 저렇게 절실한 상황에서의 한 줄기 빛이 되는 말 한마디는 한 사람을 온전히 태어나게도 잘 자라게도 한다.

그 스님처럼 스치듯 인연에도 그런 빛이 되는 말을 건넬 수 있는 사람이 되어야겠다.

좋은 말씀 덕분에 잘 자란 난 또 엄마의 말씀 덕분에 편안하게 성장할 수 있었다. 아침에 일어나면 엄마에게 꿈 이야기를 재잘재잘하던 내게 엄마는 늘 이렇게 말씀해 주셨다.

"너 잘 되는 꿈이야."

좋은 꿈을 꾸든 안 좋은 꿈을 꾸든 엄마의 해석은 항상 비슷했다. 그 말씀을 들으면 두려웠던 무서운 꿈이나. 아주 신나는 꿈 또는 떨어지는 꿈을 꾸어도 마음이 편안해졌다. 어떠한 상황에서도 결국엔 잘될 거라는 믿음을 준 말씀이기도 했다. 계획대로 안 되면? 신의 더 큰 뜻을 믿게 하신 엄마는 내가 참 믿고 싶은 신이다. 말로도 모든 걸 이루어지게 하는 마술사 같은 엄마.

늦둥이 키우기 참 어려우셨던 시절. 가진 게 믿음뿐이었을 것이다. 큰 잔병치레 없이 모든 일이 그저 순탄하게 이루어진 것들이 엄마의 믿음이 담긴 말씀들 덕분이라고 생각한다. 어렵고 할 수 없는 일. 하기 싫은 일을 만날 때 '난 할 수 있어'를 외치며 그 순간들을 할 수 있는 상황으로 만들었다. 말은 그렇게 꿈뿐 아니라 상황도 바꾸는 힘이 있었다.

가장 가까이서 해주는 말, 그것은 삶을 가꾸어가는데 가장 강력한 영양분이 된다.

가슴에 있는 말 말 말

30대 여 **임소라**

첫째가 5살 무렵 고사리 같은 손으로 엄마를 씻겨 준다고 한다. 샤워볼에 바디워시를 듬뿍 짜서 얼굴 구석구석 거품 칠한다. 눈에 비눗물이 들어가니 따끔따끔하다. 그래도 아이의 부드러운 손길이 좋아 이 호사를 더 누리고 싶다. 얼굴에 남아있는 거품을 먼저 물로 씻고 몸에 거품 칠하면 좋겠는데 아이는 기다리라고 한다. 가만 생각해보니 내가 아이를 씻길 때 하던 순서였다. 거품 때문에 뜨지 눈을 뜨지 못하니 옛 모습이 눈앞에 떠오른다.

"엄마가 초보 엄마 시절에 너도 그랬겠지? 잘 참아줬구나. 엄마는 잠깐도 눈이 아주 따끔따끔한데. 초보 엄마 시절 눈만 감고 있으면 안 아프다고 조금만 참으라고 했던 말들이 네게 얼마나 가혹했을까? 익숙해질 때까지 얼마나 아프고 불안했을까? 그런데도 잘 참아주었구나. 목욕 초보 엄마가 목욕 프로 엄마가 될 때까지 네 공이 컸어. 고마워. 너에게 참을성, 배려, 이해심, 사랑을 배운다. 태어나줘서 고맙구나. 엄마가 더 사랑해줄게."

샤워 후, 아이를 세게 안아주며 그동안 엄마가 씻겨 줄 때 아프게 해서 미안했다고 말했다. 아이는 해맑게 대답한다.

"엄마가 씻겨 줄 때 간질간질해서 재밌었어요."

나도 아이처럼 재미있는 기억으로 남도록 이 좋은 순간을 마음사진으로 남겨두고 싶어 감았던 것이라고 해야겠다.

어느 날, 아이의 말에 놀랐다.

"난 아무리 매워도, 난 아무리 차가워도, 난 아무리 뜨거워도, 난 아무리 맛이 없어도, 난 아무리 힘들어도 끝까지 포기하지 않는 녀석이야."

이제야 조금 알게 된 세상의 이치를 우리 아이는 벌써 알고 있었다. 내가 보여주고 싶었던 삶을 아이는 스스로 알아차려 실천하며 살고 있었다.

성공하려면 포기하지 않으면 되고, 행복하려면 선택에 만족하면 되고, 즐거워지려면 현재에 감사하면 되고, 쓰러졌다면 다시 일어서면 되고, 망가졌으면 다시 회복하면 된다. 모두에게 주어진 시간이지만 나에게 맞게 잘 활용하면 되고, 세상이 따뜻하려면 상대방을 나와 같은 인격체로 대하면 되고, 인정받고 싶으면 상대방에게 따뜻한 마음을 먼저 전달하면 되는 이 쉬운 이치를 난 어렵게 생각하며 살았나 보다.

아이가 하는 말과 행동을 따라 하는 따라쟁이 엄마가 되어야겠다.

30대 남 **황준연**

사람이 온다는 건

실은 어마어마한 일이다.

그는

그의 과거와

현재와

그리고

그의 미래와 함께 오기 때문이다.

–「방문객」 정현종

시의 첫 구절을 보면서 한참 동안 많은 생각을 했다. 사람이 온다는
것이 별 것 아니라고 생각했지만 얼마나 대단한 일인지. 또 그의 과거뿐
만 아니라 현재. 미래 등 일생이 온다고 생각하면 책임감까지 느끼게 된

다. 관점을 바꾸니 가족을 보는 시각이 달라졌다.

"관점의 차이는 IQ 80의 차이와 비슷하다."

관점이 바뀌면 인생이 바뀐다. 내가 세상을 바라보는 시각이 바뀌기 때문이다. 세상은 하나도 바뀌지 않았지만, 내가 변했기에, 모든 것이 변하게 된다. 그렇기에 IQ 80뿐만 아니라 인생 자체가 달라지지 않을까?

많은 사람이 내 가족이 있다는 것을 당연하다가 아닌, 어머 어마한 일로 생각했으면 한다. 실제로도 어마어마한 일이지만, 바쁜 세상살이에 그 사실을 가끔 잊는 것 같다. 당연하다고 생각하고, 별 것 아니라고 생각하기 시작할 때 점점 관계에 균열이 생기는 것이 아닐까?

가정적인 문제 또 경제적인 문제 특히 대학교 입학과 관련하여(어머니 때문에 어쩔 수 없이 재수하게 되었다) 어머니를 원망했다. 대학교 입학이 좌절된 이후 나는 마음대로 살기로 했다. 내 인생은 이제 망했다고, 이제 다 늦었다고 생각했기 때문이다. 그리고 이 모든 비난의 화살을 어머니께 쏘았다. 원망의 마음이 커졌다. 얼마나 그 마음이 컸으면 의절까지 했을까? 하지만 어머니는 어머니였을까?

"보고 싶다."

그 한마디에 대구를 떠나 제주도로 왔다. 그리고 그 선택은 내 인생에서 가장 잘한 선택이 되었다. 제주도에서 새로운 꿈을 꾸고, 새로운 사람을 만나고, 작가가 되고 강사가 되었다. 아마 대구에 있었다면 나는 평범한 회사원으로 살았을 것이다. 제주도에서 나는 고민의 시간을 마음껏 가질 수 있었다. 당분간 생계를 책임지지 않아도 됐다. 그 시간에 내 미래를 생각해봤다. 그리고 새로운 길로 걸어가게 되었다.

이제는 어머니를 더 이상 원망하지 않는다. 오히려 감사할 것이 참 많다. 나를 존재하게 해줘서 또 제주도로 오게 해줘서 지금도 건강하셔서 감사하다. 늘 건강하셨으면 좋겠다.

가슴에 있는 말 말 말 •••••••••••••••••••••••••••

20대 여 **정희경**

현재 대학 4학년 1학기를 다니고 있다. 그동안의 대학 생활을 되돌아
보면 여러 가지 일들이 많았고, 대학생으로서 경험할 수 있는 것들은 많
이 해봤다고 생각한다. 그래서 막 새내기가 된 동생에게 전해주고 싶은
말이 많다. 그리고 새내기가 된 모든 대학생분과 대학생 자녀를 가진 부
모님들도 함께 읽어주시면 좋겠다.

첫째, 친구들과 여행을 가는 것이다. 여행 자체로도 설레고 즐겁지만,
학교생활 하면서 지칠 때, 이런 즐거웠던 추억들이 큰 힘이 된다. 국내
여행이든, 해외여행이든 상관없으니 꼭 다녀오길 추천한다.

둘째, 힘들 땐 휴학도 괜찮다. 나는 힘들 때 휴학을 못 했던 것이 후
회된다. 무계획의 휴학은 인생에 손해라고 생각했고, 휴학하려면 엄청
난 계획이 있어야 하는 줄 알았다. 예를 들면 여행을 간다든지, 자격
증 공부를 한다든지. 하지만 지금 생각해보니 이런 계획이 없어도 그
저 휴학하고 쉬면서 천천히 미래를 고민하는 것 자체로도 정말 좋았을

것이다.

셋째. 조별 과제 할 땐 나서지 않는 것이다. 물론 조별 과제 할 때 아무것도 하지 말라는 말은 아니다. 주어진 역할은 해야 하는 것이 맞다. 대신 너무 열정적으로 나서게 되면 사람들이 그 사람만 믿고 아무것도 하지 않는 순간이 오게 된다.

넷째. 안 맞는 사람과 굳이 잘 지내려고 하지 않는 것이다. 내가 일학년 때는 새로운 사람들을 많이 만나고 알아가면서 모두랑 친해지고 싶다는 생각이 너무 강했다. 그래서 억지로라도 자주 만나고 친해지려고 애썼는데, 친해지려고 노력한다는 그 자체가 이미 진정으로 친한 사이가 되기는 어렵다는 뜻이라는 것을 나중에 알게 되어 노력했던 그 시간이 허무했었다.

다섯째. 가능하다면 캠퍼스 커플을 한 번쯤 해보는 것이다. 중·고등학생 때 했던 연애랑은 또 다르고, 대학생 캠퍼스 커플만이 할 수 있는 것들이 많다. 물론 헤어지면 그만큼 감당해야 할 부분도 많다.

여섯째. 아르바이트는 꼭 해보고, 월급은 다 쓰지 말고 일부분 저금하는 것이다. 아르바이트를 해보니 돈 버는 것이 얼마나 어려운지를 뼈저리게 느꼈다. 그러다 보니 내가 받아왔던 용돈이 얼마나 소중한 것인지를 다시금 배우게 되었다.

동생이 벌써 성인이 되어 대학 생활을 한다는 것에 시간이 많이 흘렀음을 실감한다. 앞으로의 학교생활이 즐겁기를 바랄 뿐이다.

◆ 당신의 가슴에 있는 말은?

마지막 순간

어떤 이가 자신에게 필요한 것을 찾기 위해서
세상을 여행했다.
여행 후에 집으로 돌아온 그는
그에게 필요한 것을 집에서 찾을 수 있었다.
- 조지 A. 모어 -

마지막 순간

50대 남 **성정민**

아버지는 몸살기가 있으신데 병원에 가지 않고 누워 계신다고 했다. 어머니와 동생들이 병원에 가자고 해도 괜찮다 하시면서 끙끙 앓고 계셨다. 큰아들이 서울에서 내려와서 그랬는지 병원에 가자고 하니 못 이긴척하시면서 병원에 갔다. 큰아들이 더 자주 아버지를 뵈러 왔어야 했다는 마음이 들었다.

군 소재지의 종합병원 진단은 폐렴이었다. 진단을 듣고 예사롭지 않다는 생각이 들었다. 잘 치료해드리고 싶어서 서울 큰 병원 응급실에 접수했다. 며칠에 걸쳐서 여러 가지 검사 후, 결과는 폐렴이 아니라 폐암 4기 진단이 내려졌다. 하늘이 무너지는 것 같았다. 너무 놀라서 믿어지지 않았다. 시한부 삶, 앞으로 남은 시간이 6개월이었다. 드라마에서 나오는 장면을 내 눈앞에 맞이하게 되니 눈앞이 캄캄했다. '아직 70세도 안 되었는데…' 라고 속으로 되뇌었다. 동생들에게 알리고, 아버지 형제분들에게도 알렸다. 어떤 좋은 방법이 없을까 하여 발만 동동 굴렀다. 아버지 본인에게도 사실을 알리는 것이 좋은지 고민하였다. 함께 의논해

보니 남은 시간 아버지가 원하시는 것을 할 수 있도록 말씀드리는 것이 좋겠다는 쪽으로 결론이 모아졌다.

아버지는 사실을 듣고도 무척 담담한 표정이었다. 마치 이미 알고 있었다는 모습이었다. 1년 전 광주 병원에서 검진받으시고 정밀검사가 필요하다 하였는데 혹시 큰 병이 있으면 어쩌나 하는 두려움에 정밀검사를 받지 않으셨다고 했다. 사실을 듣고 안타까움은 더 커져만 갔다. 아버지의 병세는 점점 악화되었다. 폐암의 고통은 다른 암보다 더 크다고 한다. 일반 진통제는 효과가 없다. 다른 암은 세포로 전이가 되는데, 폐암의 경우는 혈액을 통해 전이된다고 한다. 척추에 전이 되었고, 간에도 전이 된 상황이었다. 산소 호스를 코에 착용하셨어도 호흡하기 힘들어 침대를 의자처럼 세워 앉아서 숨을 쉬시며 주무셨다.

발병 후 70여 일이 지나서 일이다. 강의를 다녀와서 아버지를 뵈었다. 많이 힘들어 보이셨다. 숨쉬기가 너무 불편해 보여서 아버지를 끌어안았다. 아버지의 고통을 감소시켜 달라고 애원하며 기도했다. 한참을 기도하고 나니 아버지의 숨소리가 잠잠해졌다. 그래서 아버지 귓전에 대고 "아버지 사랑합니다."라고 고백했다. 이전 같으면 "응. 알았다."라고 하셨을 것인데. 그날은 나에게 이렇게 표현하셨다. "아들아. 나도 널 사랑한다." 이 말은 가슴속 깊이 울림이 있는 사랑 고백이었다. 그동안 내 생각 속에 있던 아버지에 대한 부정적인 모든 생각을 덮는 말이었다. 사랑은 허물을 덮어버린다. 지난 과거 속에서 힘들고 부정해버리고 싶었던 아버지의 그림자를 내려놓게 하였다. 가만히 눈을 감으면 아버지의 음성이 들려온다.

"아들아. 나도 널 사랑한다."

내 인생의 마지막이 온다면 아내와 자녀들에게 표현하고 싶다.

"여보. 고맙고 미안해요. 살수록 좋은 당신을 사랑합니다."
"나의 딸과 아들로 태어나줘서 고맙고 미안하다.
사랑한다. 딸아. 아들아."

마지막 순간 •••••••••••••••••••••

50대 여 **엄해정**

나는 이미 한번 경험했었던 이야기이다.

지금은 상황이 많이 달라졌지만. 30살 때 첫째 아들 출산하던 날. 집에서 신고 갔던 신발을 수술대 옆에 가지런히 벗어두고 누웠다. 그동안 들어왔던 출산 시의 위험. 출산하다가 산모가 죽을 수도 있다는 이야기들. 드라마에서 본 이야기들까지 이 생각 저 생각 스치며 지나갔다. 병원 수술대에 누워 두 손을 잡고 걱정스럽고 안타까워하는 남편의 눈을 바라보면 나의 모든 비밀을 다 이야기했다. "여보. 혹시나 내가 잘못되면 통장 비밀 번호는 ○○○○고, 현금은 ○○에 ○○○ 있고, 사무실은 당신이 이렇게 저렇게 알아서 잘 관리하고. 내가 없더라도 다른 좋은 여자 만나서 우리 아이 잘 키우며 행복하게 살아야 해요." 눈물 뚝뚝….

남편은 말했다. "자네는 먼 쓰잘데기 없는 소리를 다 한당가이…. 수술 잘 될 것잉께 걱정 말어."라는 말을 뒤로 하고 스르르 마취 속으로 들어갔다. 그리고 몇 시간 후 깨어났더니 시어머니와 친정엄마가 좋아하신다. "애썼다. 수고했다. 고추다." 그리고 나는 두 번을 더 죽었다 깨어

낳다. 아들 셋을 모두 제왕절개로 출산했기 때문이다. 그래서 이제 죽음 같은 건 두렵지도 않다. 세 번을 죽었다 살았다 했으니 연습을 충분히 한 셈이다. 진짜 마음 같아서는 죽음의 마지막 순간은 찬란하게 잘 죽을 수 있을 거 같기도 하다.

나의 마지막 순간을 그려 본다.

따사로운 햇살이 내리쪼이는 창가의 침대에 누워있다. 아주 평화롭다. 아름다운 추억들이 주마등처럼 스친다. 살아온 삶에 후회도 없고, 죽음에 대한 두려움도 없다. 가족들은 모두 모여 나의 호흡을 살피고 있다.

한 호흡이 들어갔다가 나오지 않으면 삶은 끝난 것이다. 모두 약간은 긴장되어 있지만 여유로운 모습이다. 한 여인으로서의 한 생을 보람되고 멋지게 누리며 살다가는 한 사람에게 감사와 아쉬움의 눈길을 보내고 있다. 나는 가족들 한 사람 한 사람을 사랑스러운 눈길로 바라보며 안심을 전하고 있다.

"여보, 그동안 당신 덕분에, 당신 만난 이후의 한 생을 찬란하게 빛나는 삶을 살 수 있었어요. 내가 경험했고 이루고 누렸던 것 모든 것들은 당신의 보살핌이 있었기에 가능했답니다. 당신의 헌신적인 사랑에 감사드려요. 고마워요."

아들들에게 마지막으로 바라는 것이 있다면 우리 가족 모두 언제나 어디서나 무엇을 하든 늘 평화롭고 행복했으면 좋겠다.

"엄마는 우리 가족이라는 울타리 안에서 울고 웃으며 멋지게 재미있게 신나게 자유롭게 한 생을 살다가 세상 구경 잘하고 간다. 그동안 세상 여행길에 동행해 주고, 지켜주고, 보살펴주어서 참 고마웠다. 마지막으로 하고 싶은 말은 너희들이 살아가면서 어떤 선택과 결정을 해야 하는 귀로에 섰을 때, 먼 훗날 그때를 돌아보면서 미소 지을 수 있으면 옳은 선택이라고 생각한다. 그동안 가족으로 살아오면서 혹시 엄마가 알게 모르게 너희들에게 상처를 주었다면 모두 용서해주었으면 좋겠다. 엄마도 몰라서 그랬단다. 미안하다. 용서해다오. 고맙다, 사랑한다. 우리 가족."

마지막 순간

50대 여 **김경순**

학교에서 부고가 떴다. 나는 이미 죽은 사람이 되어 있었다.

15분 안에 사람의 생사가 오고 갈 수 있음을 느꼈던 경험이 있다. 휴대전화에 처음으로 길을 안내하는 기능이 나오고 배터리를 갈아 끼우던 시절의 이야기이다. 모르는 길을 찾기 위해 핸드폰에 내비게이션을 틀고 가다 보니 목적지에 다가갈 무렵 휴대전화기 전원이 꺼졌다. 뜨거운 볕을 피해서 목적지 주차장에서 배터리를 갈아 끼우고 전원이 들어온 순간 이십여 통에 가까운 걸려온 전화와 메시지들이 저장되어 있었다. 그 메시지들을 보니 휴대전화 배터리가 방전된 채 15분 여정도 사이에 생사를 경험한 것이다.

대학원 원우들에게 나의 부고가 뜬 사건 경위는 이랬다. 후배를 잘 챙기시던 선배님께서 ○○병원에 오전 근무 중이셨는데. 동명이인 후배 이름을 장례식장에서 본 것이다. 가족들에게 사정을 들어보고 후배라고 확신하고 발인이 다음 날이기에 학교 측과 상의해서 동문에게 부고를

띄웠다. 하필 그 시간이 휴대전화기 전원이 꺼진 시간이다. 15분.

우선 급한 대로 걸려온 전화에 일일이 사실을 알리고 일을 마무리했다. 열심히 자신을 점검하고 살았다고 생각했는데. 짧은 시간 동안의 나의 부고 소식은 충격이었다. '혹시 내가 죽었는데 아직 살아 있는 것으로 착각하는 나의 영혼이 이승을 맴도는 것은 아닌가?' 잠시 고인으로 남겨진 촌극이 벌어지고 나서 생각해봤다. 감사한 분들이 주변에 많다는 것과 곁에 있을 때 잘하고 살아야 한다는 것을 깨달았던 날이었다.

이제 삶의 시계를 반 바퀴쯤 돌아온 시간. 앞으로 가야 할 길이 멀다. 하지만 지금껏 조심스럽게 해온 것처럼 살아가는 동안 내가 가진 것 인색하지 않게 나누고 지역사회공동체에도 관심을 가지고 참여하면서 살 것이다. 우리가 바라보는 시선으로 아이들도 함께 성장했다.

우리에게 마지막이 온다면 준비된 마지막과 준비되지 않은 마지막은 다르게 다가오겠지만 그런 매 순간마다 열심히 살다 간 내게도 감사함을 전하고 싶다.

마지막 순간

40대 여 **이윤정**

나에게 죽음은 멀리 있지 않았다. 어려서부터 '죽음', 혹은 '죽음 이후의 삶'에 대해 종종 묻곤 하는 아이였다. 밝고 가볍고 유쾌한 것들에 충분히 집중할 수 있을법한 나이임에도 어둡고 무겁고 두려운 것에 자주, 깊이 빠져들었다. 죽음에 대한 나의 물음에 누구도 명쾌하게 답해주지 않았으므로 더 알고 싶었다. 어른이 되어서는 그러한 생각에서 조금이라도 자유로워지고 싶어서 몸과 마음의 평화에 집중할 수 있는 것을 곁에 두고 지냈다.

부모님이 언제나 곁에 계셔 줄 것 같았던 시간이 가고 누군가의 아내, 그리고 부모가 되었다. 막연한 두려움의 대상이었던 죽음은 가정을 꾸리면서 현실적인 걱정거리로 다가왔다. 젊을 때부터 병원과 친했던 나는 오랫동안 아픈 사람들에게 느껴지는 특유의 우울감에 사로잡혀 살았다. 당장 일어나지 않는 일이라고 해도 나에게 죽음은 막연한 느낌이 아니었으므로 더욱 두려웠다. 돌봐야 할, 돌보고 싶은 가족들이 많았고, 그들과 오래도록 함께하고 싶었다.

아이를 낳은 후에는 아픈 사람들, 특히 죽음을 앞둔 엄마들의 이야기에 함몰되어 헤어 나오기 힘든 시간을 보낼 때가 많았다. 종종 아이들의 사소한 아픔에도 예민하게 반응했고, 마음이 유난히 어지러운 날에는 지금 건강하게 살아있음에 집중하지 못했다. 지금 존재하지 않는 나와 가족들의 아픔과 죽음에 대한 잦은 생각이 일상에 미치는 영향은 생각보다 컸다. 일상 안에서 가족들로 인한 행복감이 넘쳐흐르는 순간에도 문득문득 '이 사람들과 언젠가는 이별하겠지?'라는 생각이 마음 한편에 슬그머니 자리 잡곤 했다. 종종 아이들의 환한 웃음과 생동감 넘치는 몸짓이 더 아프게 느껴지기도 했다.

그저 매일을 살아내는 것이 내가 할 수 있는 전부였다. 누구도 어찌할 수 없는 대자연의 섭리 앞에서는 완벽한 항복 말고는 답이 없으므로. 간단하고 명료한 이 사실을 받아들이는 데 꽤 오랜 시간이 필요했다. 집안일을 하고, 아이들을 돌보고, 가족들과 함께 의미 있는 시간을 보내고, 순간순간 행복할 수 있는 것을 내 안에 들여놓고, 수많은 길을 묵묵히 걸으면서 지금 내가 취해야 할 태도가 조금 더 명료해졌다. 내가 경험하고 누리는 수많은 것들이 언젠가 끝난다는 사실은 지금, 이 순간의 삶에 대한 직시로 이어졌고, 자주 불안과 두려움이 찾아오는 나의 삶에 적당한 활력과 긴장감을 돌게 했다.

생의 마지막 순간에도 고마운 이들과 좋았던 기억들이 떠올랐으면 좋겠다.

언제나 성실했던 남편이 나의 마지막 순간에도 곁에 있기를 바라고, 저마다의 삶의 결을 가지고 아름답게 성장했을 세 자녀도 함께 있었으면 좋겠다. 엄마의 죽음에 너무 많은 의미부여를 하지 않았으면 더할 나위 없이 좋을 것 같다. 그리고 엄마와 함께 살면서 마음을 키웠다고 말해주었으면 좋겠다. 일상을 소중하게 생각할 수 있는 마음은 마지막까지 함께 하고 싶다.

이제는. 이 순간…. 세상의 많은 것들을 사랑하는 것에 인색하지 않은 사람으로 늙고 싶다.

마지막 순간

40대 남 **김주연**

거울이나 유리가 아닌, 다른 이의 눈동자에서 자기의 모습을 보았다면 필시 그 사람과 아주 가까운 사이일 것이다. 나는 아내의 눈동자에서 나의 모습을 보았다. 처음으로 아내와 눈 맞춤을 하던 날이었다. 그 눈 맞춤으로 이 세상에서 우리의 역사가 시작되었다. 언젠가는 눈 맞춤으로 이 세상에서 우리의 역사가 끝나는 날이 올 것이다. 누가 먼저 가고, 누가 남아있게 될지는 모른다. 하지만 아내는 우스갯소리로 나에게 종종 이런 말을 한다.

"당신은 나보다 건강하니까. 아마 내가 먼저 죽을 거야. 그래서 다행이야. 그리고 꼭 그래야 해."

그래서 그런지, 아내가 나보다 먼저 죽는다는 생각이 자연스럽다. 또한, 아내가 말하는 '꼭 그래야 하는 이유'를 들으면 나도 꼭 그래야 한다고 생각한다.

"당신이 나보다 먼저 죽으면 나는 너무 슬퍼서, 정말 너무 슬퍼서 당신을 제대로 보내지도 못할 거야. 당신은 나보다 강하니까 나 죽으면 나 잘 보내줄 수 있을 거야. 또 당신은 정리를 잘하니까. 내가 죽고 나면 이

것저것 정리할 게 많을 텐데 그것도 잘할 거야. 그러니까, 내가 당신보
다 먼저 죽어야 해."

아내와 이 세상에서 마지막 눈 맞춤을 할 때.

"내 아내가 되어줘서 고마웠어. 먼저 천국에 가 있어. 난 당신 이 세
상에서 잘 보내고, 뒷정리 잘하고, 아이들 끝까지 잘 챙기고 갈게. 사랑
해."라고 말하리라.

몇 해 전. 아버지와 마지막 눈 맞춤을 했다.

내가 그랬던 거처럼 나의 세 아이도 아버지와 마지막 눈 맞춤을 하는
날이 올 것이다. 그때야 비로소 이 말을 절실히 공감할 것이다.

'키울 땐 힘들어도 키워 놓으면 좋아.'

아직도 믿기지 않지만, 난 아이가 셋이다. 이제 10살 8살 5살이다. 너
무나 예쁘다. 좋다. 그런데, 그만큼 너무나 힘들다. 나는 보통의 아빠들
보다 육아에 관여를 많이 한다. 그래서 보통의 아빠들보다 힘들다.

집 앞 놀이터에 가더라도, 전쟁 통이 따로 없는 외출 준비를 한다. 그
런 난리를 피우고 아이들을 데리고 나오면, 꼭 할머니들을 어디선가 만
나게 된다. 그러면, "아이고 예뻐라. 다복하기도 하지. 키울 땐 힘들어도
키워 놓으면 좋아."라는 이야기를 많이 하신다. '키워 놓으면 좋은 날이
어서 오길….'

훗날 죽음을 맞이한 나를 상상해본다.

아마 누워있을 거다. 뭔가 소리가 들릴 것이다. 뭔가가 보일 것이다.

그런데 무슨 소린지. 보이는 것이 무엇인지 잘 분간하지 못할 것이다. 그러나 나의 아이들의 목소리는 또렷하게 들릴 것이다. 나의 아이들의 모습은 또렷하게 보일 것이다. 슬픔과 기쁨이 교차할 것이다.

더 이상 이 세상에서 나의 아이들과 살을 부대끼며 살아갈 수 없음에 슬플 것이다. 드디어 "키워 놓으면 좋아."라는 말을 절실히 공감하게 되어 기쁠 것이다.

내가 없는. 혹은 엄마 아빠가 없어도 함께하는 누나 오빠 언니 동생이 있으니까. 여전히 사랑하는 가족이 있으니까.

마지막 순간 ●●●●●●●●●●●●●●●●●●●●●●●●●●●●●●●

40대 여 **이루미**

수많은 사람을 만나고 헤어지며 그 와중엔 소중했다고 말할 수 있는 사람들도 있었고 그냥 스치듯 지나쳐지는 사람들도 있었다. 그중에 한 사람의 이야기가 오래도록 잊히지 않았다.

"세상의 끝이 꼭 죽음만은 아닌 것 같아. 누군가와의 이별이 그 끝을 경험하게도 하네."

그 말이 세상의 끝, 마지막 순간이 죽음만을 의미하는 것이 아님을 알게 해주었고, 사랑하는 존재가 가진 힘을 느끼게 해주었다.

서로의 마음이 다한 끝. 그것이 정말 마지막 순간을 의미하는 건 아닐까?

엄마의 경우는 그런 마음의 끝이 아닌 몸이 다한 끝이었기에 그 순간은 마지막처럼 느껴지지 않았다. 내게 저장된 엄마의 마음, 행동, 말들이 아이들과 남편에게 전해지고 또 내게 돌아옴으로 그것들은 영원히 살아 있는 것이었다. 어느 날, 딸이 물었다.

"엄마는 엄마가 많이 보고 싶지 않아?"

"보고 싶지. 아마 아빠랑 너희들이 없었다면 보고 싶어서 자주 울었을 거야. 아빠와 너희를 통해 엄마와 비슷한 사랑을 느낄 수 있으니 마음에선 늘 살아계신 느낌이 들어."

마지막 순간에 남길 유언장을 작성할 기회가 있을 때도 마음을 표현하는 것에 집중한 이유 역시 그것에 있었다. 마음은 이처럼 영원히 남아 살아갈 힘이 되기 때문이다. 유언장 쓰기를 하며 '유언장, 왜 남겨야 할까? 남는 이를 위해서가 아닐까?' 그래서 어머니가 돌아가시던 때를 회상하며 가는 이와 남는 이의 마음을 헤아려봤다.

엄마가 돌아가시기 하루 전 어린아이를 태우고 남편과 엄마를 뵈러 급히 가는 그 길은 빛을 잃은 내 마음만큼이나 어두웠다. 그 순간 걸려온 전화기 넘어 들려온 말은 단 세 마디였다.

"나 살고 싶다…. 살려줘. 막내야…. 보고 싶다."

죽을 것 같은 고통을 안고 간신히 내뱉는 그 말씀에서 눈물밖에 흘릴 수 없었지만. 훗날엔 엄마 자신의 생과 가족에 대한 사랑이 느껴져 감사했다. 삶의 마지막 순간 어떤 말을 하고 싶을까? 엄마께서 남겨주신 그 마음은 나를 살고 싶게 하는 가족에게 전해 주기에도 부족함이 없었고 이보다 와 닿는 말을 나는 아직 찾지 못했다.

사랑하는 이의 마지막 말은 남는 이의 가슴에 평생 남는다. 그리고 전해지고 또 전해진다.

마지막 순간

30대 여 **임소라**

사람들은 한쪽 부모가 없는 가정을 편부모 가정, 한 부모 가정이라 부르지만 나는 평범한 가족이라고 부르고 싶다. 하지만 결코 흔한 가족은 아니다. 평범해지기 위해선 상반되지만 깎아내야 할 것과 채워야 할 것들이 무수하다. 세상의 시선에 예민해져 있는 부분은 깎아내고, 보통의 사람들은 자연스럽게 익힐 역할을 사람의 빈자리로 인해 배워가며 어렵게 채워야 한다.

나는 선택한 한 부모 가정이 아니었기에, 또 자녀 입장에서 결단코 선택할 수 없기에 감내하는 것이 힘들었다. 세상의 기준과 내 기준의 폭을 좁히기 위해 우아한 백조의 숨겨진 발길질을 쉼 없이 해야 했다.

그로 인해 내가 만든 가정은 완전체 가족이 되었다. 완전체 가족을 유지하기 위해 부모 보호 아래 있을 때보다 더한 노력을 해야 했다. 나의 말과 행동이 돛이 되어 옳은 방향으로 가고 있었는지 훗날 알 수 있기에 더 신중하고 무겁디 무거워야 했다. 완전체 가족을 위해 한 노력과 기대에 부응해야 한다는 부담감도 있다. 하지만 최근에야 깨달은 바는 노력으로 완전체 가족이 될 수 있지만 자연스럽지는 못하다는 것이다.

지금의 모습이 변하지 않고 한 세대를 지나야 자연스러워질 것이다. 평범한 가족처럼…. 그동안 내 삶을 디자인하며 살고 있던 시간은 보이는 성취에 가까웠다. 보여지는 성취에서 내면의 만족으로 이동할 때 자연스러워질 것 같다.

평범하고자 열심히 산 삶의 끝에선 편부모 가족의 시선과 온전한 가족을 위한 노력을 벗고 자유롭고 싶다. 가족과 마지막 순간이 온다면 나는 피하지 않고 모든 것을 경험하며 평범하게 살았다고 말하고 싶다. 그리고 사랑하는 가족들에게 이런 유언을 남기고 싶다.

모든 인연에 감사하며 그대들 덕분에 행복했고 세상을 사랑하게 되었습니다. 세상이 따뜻하다는 걸 알고 가게 되어 감사하고, 이 따뜻한 세상에 그대가 남게 되니 마음이 놓입니다. 나의 소명을 다한 이 세상에 감사드리며, 내가 가진 모든 것을 사용하게 해준 사람들과 자연에 감사드립니다. 난 자유롭게 다니고 싶으니 화장해서 바람에 날려주길 바랍니다. 제사와 명절에 나를 찾지 말고 나를 기리지도 말고 문득 그리울 때만 생각해주었으면 합니다.

마지막 순간

30대 남 **황준연**

언제 죽어도 후회하지 않을 것 같다고 생각했는데. 막상 내일이라고 생각하니 많은 생각이 드네요. 그래도 마지막 2년은 정말 재미있게. 살고 싶은 대로 살아서 그나마 후회는 적습니다. 책을 2권 정도 더 남길 걸 싶어서 아쉽네요. 그래도 천국에 가서 지낼 생각 하니 그렇게 나쁘진 않은 것 같습니다. 인간적으로는 조금은 슬프지만요.

만약 시한부 인생을 산다면. 6개월의 기간이나 혹은 더 짧은 시간만 살 수 있다면 무엇을 해야 할까요? 어떤 교수가 알아보니 정말 평범했다고 합니다. '부모님과 여행을 간다.'거나 '고급 식당을 가고 싶다.', '소중한 사람과 시간을 보내고 싶다.' 등이었죠. 그리고 교수는 말합니다.

'DO IT NOW' 바로 지금 하세요!

저의 마지막 2년은 그러했습니다. 그래서 지금 슬프다기보다는 오히려 갈 때가 됐구나! 라는 생각으로 담담합니다. 안중근 의사가 사형 직전 5분에 책을 읽었던 것처럼 저도 책을 읽다가 가고 싶네요.

읽고 싶은 책이 많은데. 최근에도 엄청나게 주문했는데 아쉽네요. 만나고 싶은 사람도 많은데 좀 더 많이 움직일 걸 후회가 되긴 하지만. 그래도 정말 열심히 살았기에 덜 후회합니다.

제가 가장 좋아하는 글을 남기고 저는 물러갑니다.

"늘 행복하세요. 황준연 작가였습니다."

자신이 한 때 이곳에 살았음으로 해서
단 한 사람의 인생이라도 행복해지는 것
이것이 진정한 성공이다.

— 『무엇이 성공인가』, 랄프 왈도 에머슨

마지막 순간

20대 여 **정희경**

가족과의 마지막 순간을 생각한다는 것이 낯설고 무섭게 느껴진다. 그래서 먼저 '가족과의 마지막' 순간보다 '내가 경험했던 마지막' 순간들에는 무엇이 있었는지 생각해보았다.

지금까지 살면서 학교를 졸업했다든지, 다니던 아르바이트를 그만두었다든지, 남자친구와 헤어지는 등 마주했던 여러 마지막 순간들이 떠오른다. 각 순간의 마지막을 떠올려보면 느껴지는 감정들이 꽤 다양하고 꼭 슬프지만은 않았다. 학교를 졸업했을 땐 친구들이랑 못 본다는 생각에 시원섭섭하기도 하면서 새로운 대학 생활의 시작을 기대하는 마음에 설렜고, 아르바이트를 관두는 그 순간은 언제나 짜릿하고 홀가분했고, 남자친구와 헤어졌을 땐 날이 좋은 것조차 나를 슬프게 했었다.

하지만 가족과의 마지막을 생각해보자니 죽음이 동반되어 있다는 생각에 마냥 가볍게 생각할 수만은 없었다. 1년 반 전에 외할아버지께서 돌아가셨다. 개인적으로 처음 겪는 가까운 가족의 죽음이었다. 할아버지께서 편찮으셨을 때부터 돌아가신 뒤 납골당에 안치되셨을 때까지 모든 과정을 옆에서 지켜보았다.

특히 상조회사에서 진행하는 장례식 과정에서 많은 생각을 했다. 고인에 대해 예의를 갖추기 위해 정해진 순서에 맞추어 술을 올리고, 절을 하고, 울기도 하고 이런 것들이 우리나라에 깊게 자리 잡은 장례문화지만, 실질적으로 무슨 소용이 있을까 싶은 생각이 들었다. 그러다 보니 있을 때 잘해야 한다는 말이 무엇을 의미하는지 확실히 체감할 수 있었고, 이 말이 지닌 무게를 느낄 수 있게 되었다.

어릴 때 엄마는 태어날 때부터 엄마인 줄 알았고, 아빠는 태어날 때부터 아빠인 줄 알았다. 엄마, 아빠는 평생 내 옆에서 부모일 것이라고 막연히 생각했다. 하지만 내가 성장한 만큼 엄마 아빠는 흰 머리가 늘어났고, 나는 이제 부모님이 나를 낳았을 때의 나이가 되었다.

만약 가족과의 마지막 순간이 언제인지 안다면 준비할 시간을 가질 수 있겠지만, 당장 몇 시간 뒤에 무슨 일이 일어날지는 아무도 모르는 것이기에 참 어려운 일이다. 그렇기에 매 순간 진심으로 가족들을 대하도록 해야겠다.

◆ 마지막 순간이 온다면?

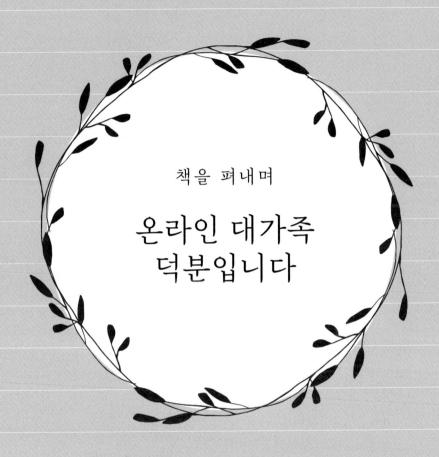

책을 펴내며

온라인 대가족
덕분입니다

가족들이 서로 맺어져 하나가 되어 있다는 것이
정말 이 세상에서의 유일한 행복이다.
- 퀴리부인 -

온라인 대가족 덕분입니다

50대 남 **성정민**

책을 쓴다는 것은 무엇일까?

질문을 내 안으로 가져온다. 곰곰이 생각해본다. 책 자체가 주는 부담이 크다. 읽고는 싶은데 막상 읽으려 하면 가슴이 답답해진다. 마치 '큰 벽을 어떻게 뛰어넘어야 하지?'라는 마음이다. 왜 그러한가? 이유를 찾아보고 놀랐다.

원 가족을 떠올리면 여러 가지 아픔이 있다. 그중 하나가 집에 책이 한 권도 없었다는 것이다. 또한, 아버지도 어머니도 책을 읽으시는 것을 본 적이 없었다.

그래서 교과서를 읽는 것 말고는 책을 읽은 적이 없었다.

거꾸로 시간을 돌려서 대학 시절을 살펴보니 4학년 1년 동안 읽은 책이 출생부터 대학 3학년까지 읽은 책보다 더 많이 읽었다.

사실 지금도 책을 보면 두렵다. 내가 언제 저 책을 읽을 수 있을까 하면서 부담으로 다가온다. 지금은 부담에서 나의 양식이 되었다. 책 속에서 보물을 찾아낼 수 있기 때문이다. 이 작은 글이 또 다른 누군가에게 작은 보물을 찾을 수 있는 도구가 될 수 있기를 소망해본다. 글쓰기는 부담스러운 것이었다. 과연 내가 글을 잘 쓸 수 있을까?

온라인 대가족을 만나면서 글쓰기에 대한 나의 판도가 180도 바뀌었다. 함께하는 온라인 가족들의 글에 대한 따뜻한 반응이 용기와 자신감을 불어넣어 주었다. 한 꼭지, 한 꼭지 써보면서 마음이 뿌듯해진다. 아무리 힘들어도 글쓰기를 하려고 하면 행복해진다. 마치 누군가와 대화하는 마음이 느껴진다. 내 속의 나와 이야기 하나?

나의 지난 삶이 매우 구체적으로 보인다는 것이 글쓰기의 큰 유익이었다. 내가 오늘 살아내는 삶은 내 가족에게 역사가 되고, 기억으로 남고, 언젠가는 책으로 펼쳐질 글이 될 수 있겠다는 생각이 든다. 그때의 감정을 되살려서 글에 옮기려고 했다. 머리로 상상하고 그 상상을 글로 풀어서 써 내려갔다. 온라인 대가족 다른 분들의 글을 읽으며 떠오른 생각을 메모하고 하면서 글을 썼다. 친지들에게 전화 드려서 묻고 찾으면서 이전에 알지 못했던 나의 뿌리를 찾은 느낌이 들었다.

가족이지만 가족이기를 포기하고서 각자 흩어져 살아가는 가족들이 있다. 참 아프다. 서로 사랑하기도 짧은 인생인데 그렇게 아픔을 주는 모습이 안타깝다. 사실은 그렇게 사는 가족들 역시 사랑이 고픈 것이라 생각이 든다.

온라인 대가족은 가족이 아닌데 가족이다. 온라인으로 묶인 가족. 대가족 삶을 공유하고 격려하며 서로를 성장시켜주는 역할을 한다. 이 가족이 있어서 든든하다. 이 가족으로 인해 성장을 경험한다. 같은 공간에 함께 살지 않지만, 큰 의미로 대한민국에 함께 사는 가족이라고 생각하며 의미를 부여한다. 온라인 대가족으로 인해 행복하다.

"사랑합니다. 온라인 대가족 여러분!"

온라인 대가족 덕분입니다

50대 여 **엄해정**

글을 쓴다는 것은 그가 살아온 일대기를 생각이나 감정들을 엮어 펼치어 보이는 한편의 대서사시이다. 2021년 시작을 알리는 1월. 누구나 새해의 꿈과 목표를 세우고 계획하는 시간을 갖는다. 올해는 참 할 일이 많다. 남평에 창고도 지어야 하고, 박사과정 논문도 써야 하며, 우리 동네 주민자치회장 역할도 충실히 해야 한다.

그 와중에 '응답하라 3040주부' 작가 팀에서 온라인 대가족 공저를 함께 쓰자는 제안을 받았다. 할 일이 이렇게도 많은데도 불구하고 잠시의 망설임도 없이 "오케이!"를 했다. 작가팀은 3명의 힐링맘스 아름다운 작가님들과 이번 작업으로 알게 된 목사님. 상담사님. 베스트셀러 작가님 두 분. 야무진 학생으로 구성되어진 팀이다. 사람들이 좋아서 그녀들의 제안은 무조건이다. 너무나 아름답고 빛나는 그녀들이기에 거절할 수가 없다.

기회는 준비된 자의 것이다. 그동안 너무도 다양한 삶을 살았기에 글감은 충분할 듯싶었다. 그 모진 삶의 여정을 온라인 대가족과 함께 나누며 지금까지의 삶을 뒤돌아볼 수 있었고 가족의 의미를 되새김하는 과정이 되었다.

한겨울 매서운 눈보라와 함께 시작한 글쓰기가 어느덧 아름다운 봄꽃들이 만개한 3월에 초고를 마무리하였다. 처음에는 어떻게 풀어내야 할까 막막하고 망설여졌지만 9명의 작가님과 함께하니 힘이 되었고 한 걸음 한 걸음 끝까지 완주할 수 있었다.

작가님들 한 분 한 분의 삶들을 부분마다 함께하면서 때로는 가슴이 뭉클하여 함께 울었고, 때로는 재밌는 일화에 함께 미소를 짓기도 하였다. 비, 바람, 눈보라 마다 하지 않고 그들이 걸어왔던 찬란한 삶 속의 숭고한 역사에 깊이 감사드린다.

얼마나 애쓰셨을까. 얼마나 힘드셨을까 싶다. 때로는 보람도 되고, 기쁨이 되는 일도, 가슴이 미어지듯 슬픈 일도 다 이겨내고 견디어준 작가님들에게 마음으로나마 감사의 삼배를 올리며 감사의 말씀을 전한다.

"여기까지 오시느라 참 애쓰셨습니다. 그리고 이 소중한 삶의 여정의 한 페이지 함께해주셔서 감사합니다. 온라인 대가족 글쓰기로 인해 여러 작가님과 인연을 맺게 해주신 이루미 작가님과 온라인 대가족 글쓰기에 함께 해주신 여러 작가님들 마음 모아 깊이 감사드려요. 늘 좋은 일들 가득 하시길요. 이번 온라인 대가족 글쓰기를 통해 삶의 귀함, 가족의 소중함을 다시금 생각해보는 의미 있고 보람 있는 시간이었습니다. 함께해주신 작가님들께 다시 한번 더 감사드리며 한가로운 오후, 향기로운 꽃들의 향연과 함께 맘껏 평화 누리시기를 빕니다. 사랑합니다. 감사합니다. 덕분입니다."

온라인 대가족 덕분입니다

50대 여 **김경순**

나에게로 온 온라인 대가족.

만물이 소생하여 예쁨을 뽐내는 가정의 달 5월에 온라인 대가족이 나에게로 찾아왔다. 현실 가족에서 갈망하는 목마름이 다양한 삶의 온라인 사람들과 어우러지면서 내 마음의 오아시스가 되게 했다. 온라인 가족의 이야기가 씨줄과 날줄로 엮이면서 진심의 책으로 만들어져서 삶과 행복의 이야기책이 되었다. 글 속의 실감 나는 이야기 하나하나가 내 마음에 와닿았다. 그리고 내 가족의 이야기와 연결되어지며 그동안 흐릿했던 가족의 개념이 명료해지는 느낌으로 다가와 나의 가족을 다시 돌아보게 했다.

우리가 살아가면서 가족에게서 섭섭할 때는 언제일까? 나의 기대나 욕심이 상대의 능력에 비해 과하게 기대하며 요구할 때 나타나는 결과가 아닐까? 작은 느낌마저도 소중하게 생각하고, 공감하며, 배려하고 기다려주는 것! 그것이 가족의 섭섭함을 해결하는 해결책이 될 것으로 본다. 이곳 온라인 대가족 만남에서도 크고 작은 일들이 있었지만 작은 느끔마저도 함께 공유하고 공감하는 마음으로 함께한 것이 새로운 가족 탄생의 뿌리가 되었으리라 믿는다.

수많은 글들과 우리의 유년 시절의 글에서 어린 시절의 아름다움을 풍기는 값진 빛. 그 자체가 소중한 재산임을 느끼게 됐다. 정리된 그 다양한 이야기들의 고운 마음 표현들이 다음 세대에게도 귀한 유산으로 전해질 것이다.

우리에게 찾아오는 매일은 처음 살아보는 오늘이고, 우리가 맞이하는 일들도 모두가 처음 하는 일이다. 온라인 가족들과 탈고를 마친 오늘은 긴 터널의 어두웠던 시간들을 무사히 통과해 얻은 밝은 첫날이다. 한 사람의 그늘이 삼천리강산을 비춘다는데 우리의 그 시간들이 어둠을 밝혀주는 빛이 되어 팔도강산 곳곳을 비춰주리라고 믿는다. 어두워서 보이지 않았던 특별함. 미처 챙겨보지 못했던 가족의 갈등들이 함께 해결되는 책이 되어줄 것이다. 각자 다른 환경에서 자라 다른 색깔로 쓴 삶의 이야기가 우리들의 기억을 소환하고 세대 간의 소통으로 우리 모두의 행복 이야기가 되어준다.

온라인 대가족 이야기에 실린 한 편 한 편의 글들이 독자들의 가정에 전달되어 함께 울고 웃는 공감대를 형성해 화합의 마중물이 되기를 희망한다.

온라인 대가족 덕분입니다

40대 여 **이윤정**

가족을 생각하고 가족에 관한 이야기를 쓰는 것에 막연한 거부감이 있었다. 나에게 가족은 애틋하지도, 그렇다고 냉랭하지도 않은 그저 그런 느낌의 존재였다.

젊은 시절, "가족이 있어서 행복합니다.", "늘 응원해주는 가족 덕분이에요.", "사랑하는 사람과 빨리 가정을 꾸리고 싶어요."라고 말을 하는 사람들에게 동질감을 느끼지 못했다.

글을 써야 했으므로 매일 가족에 대한 많은 것들을 생각해내고, 끄집어내고, 무엇보다 나와 직면해야 했다. 가족 이야기를 쓰면서 나의 상황을 합리화하며 가족 안으로 숨는 것은 그만 멈추어야 했다.

자주 상처받고 사소한 것에도 쉽게 가라앉는 나의 모습이 가족에 관한 이야기와 뒤엉켜 있었다는 것을 글을 쓰면서 알게 되었다. 지금이라도 가능하다면 조금씩 풀어보고 싶다는 바람도 글을 쓰면서 생기기 시작했다. 놀라운 변화였다.

가족에 관한 생각이나 마음이 글로 표현되는 과정은 생각보다 고단했다. 몸과 마음이 쉬이 피곤해졌다. 감추고 싶은 것들을 글로 드러낼 때는 가슴이 저릿했다. 아주 가끔 울기도 했다. 그리고 나면 깊고 고요한 평화가 찾아왔다. 가족과 함께한 소중한 추억, 꽤 좋았던 순간. 가족과 함께여서 가능했던 일상이 가까이에서 만져졌다. 마음으로도 멀리 있다고 느껴졌던 가족들이 여러 모양으로 나와 함께 해주었다. 글을 쓰는 시간은 가족이 나에게 주는 선물이었다.

글을 쓰는 과정에서 함께 하는 글동무들이 있었다. 지치고 안 좋은 마음이 올라올 때, 그들의 글이 주는 위로가 있었다. 언제나 글이 잘 써지는 건 아니었다. 그만 쓰고 싶을 때도 많았다. 나의 글동무들도 그러했으리라 생각한다. 어쩌면 그런 생각들로 고단했던 몇 달을 버텼을지도 모르겠다. 전혀 다른 삶을 살아온 그들과 나는 '가족'과 '글'이라는 것을 통해 깊이 공감하고 소통했다. 색다르고 소중한 경험이었다.

꽤 근사하고 멋진 것들이 넘쳐나는 지금, 새삼스럽게 가족에 대해 깊이 알아가는 과정이 꼭 필요할까 생각했었다. 마지막 장을 쓰고 있는 지금도 그 물음에 대한 완벽한 답을 찾지 못했다.

그런데, 정말 이상한 마음의 변화는 조금 더 가까이 가족들에게 다가서고 싶다는 긍정적인 바람이 생겼다.

조금씩, 천천히, 그러나 마음만은 뜨겁게.

온라인 대가족 덕분입니다 ·

40대 남 **김주연**

당신은 태권도 수련이 온라인으로 가능하다고 생각하는가?

아마 대부분이 고개를 절레절레 흔들 것이다. 태권도 지도자인 나조차도 태권도는 온라인으로 불가능하다고 생각했다. 하지만, 너무나 길어지는 코로나 상황으로 인해, 안 되는 이유를 찾기보다 될 방법을 생각했다. 그래서 2020년 9월에 세계 최초 온라인 태권도장 [하늘 홈 태권도]가 탄생했다.

태권도뿐만 아니다. 지금이야 너무나 당연하게 사용하는 온라인상의 많은 것들이, 불과 10년 전만 해도 상상할 수도 없던 일들이었다. 그렇다! 온라인으로 안 되는 게 없는 세상이다. 온라인으로 없는 게 없는 세상이다. 그런데 가족은?

"온라인 대가족? 그게 뭐야? 가족도 온라인 세상이야?"

처음 내가 아내에게 '온라인 대가족'의 공동 집필을 이야기했을 때 반응이다. 나 역시 많은 것이 온라인으로 가능하고, 많은 것이 온라인에 있는 세상이라 할지라도. '온라인 가족'이라니. 개념조차 잡히질 않았다. 그런데 가족도 가능하더라. 가족이 온라인으로 만나고, 가족이 온라인으로 탄생하더라 말이다.

우리 가족은. 정확히 말하자면 우리 온라인 가족은 20대부터 50대까지의 남녀가 같은 주제에 대해 서로의 경험과 관점으로 이야기했다. 같은 주제에 대해 다른 이야기를 했다. 그 이야기들에는 내가 나오지 않았다. 하지만 그래서 더욱 좋았다. 그래서 정말 온라인을 통해 없던 가족이 생겼다는 생각이 들더라.

2020년은 공식적(?), 합법적(?)으로 며느리가 명절 때 시댁에 안 가도 되었던 해였다. 코로나로 인해 웃픈 상황이지만, 그렇다고 가족이 멀어지고 해체된다는 생각은 안 든다. 오히려 온라인 덕분에 가족을 만나고 가족이 생긴 고마움 가득한 해였다.

온라인이든 오프라인이든 세상 모든 가족을 응원한다.

온라인 대가족 덕분입니다

40대 여 **이루미**

여러 사람이 한 일정 속에 같은 속도로 간다는 것은 쉽지 않은 일이었다. 몇몇 온라인 가족은 열심히 참여하며 정해진 속도를 맞추어 간다. 또한, 몇몇 온라인 가족은 피치 못할 사정으로 빠지거나 속도가 달라진다. 세상일이 우리 맘대로 되지 않는다는 게 큰 이유일 것이다. 이 모습은 일반 가정의 모습과 별반 다를 게 없었다. 그렇게 우리는 가족의 모습과 자연스레 닮아가고 있었다.

공저라는 공통된 과제를 완수하는 일은 괜한 오해로 좋은 사람들과 멀어질까 두려운 일이었다. 서로가 아쉬운 소리를 해야 할 땐 안쓰러움과 버거움에 조금은 힘겹기도 했다. 무엇보다 함께 정한 룰이라는 작은 틀로 각자의 흐름을 깨뜨리고 싶지 않았다. 전부터 이런 일들을 오랫동안 해오며 그런 과정엔 수시로 올라오는 불안과 두려움들이 있다. 그런 나를 충분히 헤아릴 혜안을 가진 분들 이어서였을까? 두 번째 온라인 회의 때 두렵고 잘 해낼 수 있을까 싶다고 많이 도와 달라고 했다. 그렇게 마음 연약하면서 마음 단단하게 할 생각도 전혀 없는 사람이 공저를 쓰자 했다.

가슴의 울림과 함께하는 분들을 믿는 마음으로 시작했다. 다양한 과정속에 빈틈도 시작하면 포기할 줄 모르는 분들 덕분에 채워져 갔다. 누군가는 "잘하려 하지 말고 그냥 해도 돼.", "저희가 어떻게 도울지 잘 생각해볼게요." 힘이 되는 말들로, 누군가는 "수고했어요. 애썼어요." 등등 문자를 보내주며 또 누군가는 바로 전화 걸어 마음을 토닥여주었다. 그렇게 각자만의 방식으로 연약해진 그 마음에 힘을 더해주었다. 이 모습 또한 친가족의 모습이나 뭐가 다를까? 참 고마운 순간이었다.

바쁜 일정 속에 놓일 땐 제안한 입장에선 미안하다가도 이분들의 글을 만나면 '꼭 책으로 내고 싶다' 다짐하게 됐다. 괜스레 마음이 움츠러들 땐, '이 책을 왜 내려 할까?' 스스로 질문하곤 했다. 거창한 이유는 없다. 매번 글들을 볼 때마다 경험한 일은 아니지만, 눈시울이 적셔지고 가슴이 미어지는 것을 느끼며 이 일렁이는 마음들을 믿어보자 싶었다.

가정마다 이런 책 한 권씩 내놓으면 자신의 생애부터 그 생애를 가꾸어 온 가족들의 삶을 이해하고 아우르는 삶을 살게 되지 않겠는가? 그것만으로도 이분들의 글과 이 책의 가치는 충분하다고 여겨졌다.

온라인 대가족분들 덕분에 나의 친가족들을 더욱 가슴으로 품을 수 있게 되었다.

온라인 대가족 덕분입니다

30대 여 **임소라**

숫자로 보면 40살도 되지 않은 젊은 나이인데 나이에 비해 성숙했다는 말을 종종 듣는다. 10살 이상 차이 나는 사람들과도 통하는 부분이 많아 대화를 제법 이어간다. 표면적인 맞장구가 아닌 공감이 되니 연신 고개를 끄덕거린다. 상대방은 나와 나이 차이가 느껴지지 않는다고 속마음이 시원한데 어떻게 공감하느냐고 궁금해한다. 아빠를 일찍 여읜 아픔으로 인해 성숙해져 그리됐는지. 10대지만 어른 몫을 해야 하는 환경이 어른으로 만들어 그런 것인지 알 수는 없다.

그런 내게 4년 전 이루미님이 제안했다. 요즘 오프라인에서도 보기 드문 대가족을 온라인에서 만들어 보자는 취지였다. 10대에서 60대까지 남녀노소 구분 없이 돌아가며 매주 한 가지 주제를 올렸다. 그 주제에 자기 생각을 적는다. 3년 넘게 이어오니 많은 주제가 올라왔고 그 답 또한 다양했다. '어떻게 저런 생각을 할 수 있을까? 이렇게도 생각할 수 있구나!' 나의 선입견들이 깨지기 시작했다. 온라인 대가족분들을 통해 다양성을 받아들일 줄 아는 유연함과 공감력 있는 사람으로 성숙하게 되기도 했다.

온라인 대가족분들은 직접 겪은 경험과 이겨낸 힘을 내게 간접적으로 보여줌으로써 버티며 살아온 내가 잘살아가고 있다고 위로해주는 듯했다. 각자의 인생에 불어오는 바람에 자연스럽게 몸을 맡겨 여유롭게 삶을 사는 이들을 보며 많은 것을 배운다. 삶의 태도, 바라보는 관점, 상대방을 대하는 마음, 말의 온도, 자신을 사랑하는 방법 등을 이들에게 배웠다.

배울 점이 있는 사람과 우정을 나누는 것은 즐겁다. 바로 인생의 참맛일 것이다. 흔히 인생을 등산에 비유하는데 그 비유에 공감한다. 오르고 내리고, 들쑥날쑥, 구불구불, 움푹진푹, 걷기도 하고 뛰기도 하고 쉬기도 하며 길을 간다. 그늘도 있고 태양 아래에 있기도 하고 물에 손을 담가보기도 하는 경험도 한다. 그렇게 자신의 보폭에 맞춰 가다가 잠시 누군가와 함께 가기도 하는 즐거움을 느껴본다.

온라인 대가족 덕분입니다

30대 남 황준연

"온라인 대가족, 귀한 인연 감사합니다."

작가가 되기 전 우연히 이루미 작가님을 알게 되었다. 그리고 온라인 대가족을 알게 되었다. 다양한 연령대의 사람들이 모여, 다양한 의견을 나누는 것이 참 좋았다. 매주 참석하지는 못했지만, 다양한 사람들의 이야기를 들으면서 나를 돌아볼 수 있어서 참 좋았다.

자기계발서를 쓰고, 관련된 강의를 하면서 참 바쁘게 지냈다. 당연히 여러 모임을 잘 못 하게 되었다. 온라인 대가족 또한 그랬다.

그러다 온라인 대가족 책 쓰기로 다시 한번 뭉치게 되었다. 하지만 이 역시 제대로 잘하지 못했다. 하지만 '마감이 작가를 만든다.'라는 명언처럼 마감을 앞두고 또 글을 쓰게 된다.

앞서 말했던 것처럼, 바쁘게 살다 보니 여자 친구를 또 어머니를 돌아볼 여유가 없었다. 데이트하다가 일과 관련된 전화를 받기도 했다. 강의를 준비하다. 또 책 쓰기를 하면서 의도치 않게 여자 친구에게 또 어머니에게 예민하게 굴었다. 미래의 행복을 위해. 오늘의 행복을 뒤로한 채 바쁘게만 보냈다. 그래서일까? 그렇게 행복하지 않았던 것 같다.

함께 글을 쓰면서. 어쩌면 가장 많은 시간 어머니를 생각하고. 또 여자 친구를 생각할 수 있었다. 앞으로 달려나가는 것도 중요하지만, 이렇게 잠시 멈추어 숨을 고르는 시간도 중요하지 않을까?

함께 무엇인가 할 수 있는 사람들이 있어서 좋았다. 덕분에 나에게 소중한 것이 무엇인지 다시 한번 돌아볼 수 있었다.

이제 다른 작가분들의 글을 더 여유롭게 읽으며. 감상에 젖어보려고 한다. 그 시간이 기다려진다. 또 책으로 볼 생각에 너무 행복하다.

온라인 대가족 덕분입니다

20대 여 **정희경**

다양한 연령대의 분들과 가족을 주제로 글을 쓰고 책을 내자는 취지에서 이루미 작가님을 중심으로 모이게 되었다. '온라인 대가족'분들을 실제로 만나 뵙지는 못했지만, 글로써 서로의 삶을 살펴보며 한층 더 가까워질 수 있었다.

이렇게 다양한 분야, 다양한 연령층의 사람들과 함께 글을 쓸 수 있다는 것이 참으로 신기하고 새로웠다. 매주 온라인 대가족분들의 글을 보며 위로받기도 하고, 공감하기도 하고, 몰랐던 것들을 배우게 되기도 했다. 그런데도 매주 정해진 목차에 맞추어 가족에 관한 이야기를 쓴다는 것이 생각보다 어려운 일이었다. 가장 어려웠던 점은 글로 적을 일화를 생각해내는 것이었는데, 이상하게도 글을 쓰려고 하면 재미가 없는 것 같고, 너무 사소한 일 같다는 생각이 들었다. 그러나 사소한 일상이 모여 지금의 나와 가족들이 소중한 일상이 되었음을 알게 되었다. 작지만 소중한 것이 무엇인지 글을 쓰며 알게 된 것이다.

책을 쓰는 것이 처음이라 여러 서툰 표현들과 부족한 부분이 나에게도 보여 글을 썼다 지웠다를 수도 없이 반복했다. 글을 쓰면서 '아. 이것이 바로 창작의 고통인가…'라는 생각을 했지만, 난 아마추어일 뿐. 진짜 '창작의 고통'의 'ㅊ'에도 미치지 않았을 것이라 위로하며 다독이기도 했다. 그 결과 이렇게 마무리를 하게 되었고, 전체적으로 다 쓰고 보니 완성했다는 뿌듯함과 성취감이 밀려왔다.

글을 쓰기 위해 여러 가지 소재들을 생각하다 보니 머릿속 저편에 뒤집어 놓았던 오래된 기억 조각들이 하나둘 떠올라 추억에 잠기기도 했다. 예전 사진도 찾아보며 '아~ 이때는 이랬지'라며 가족의 과거를 살펴보았다. 결국, 이 책을 쓰는 과정은 가족끼리 어떻게 지내왔는지, 지금은 어떻게 지내고 있는지, 앞으로는 어떻게 지내야 하는지 충분하게 고민해 보는 시간이었다.

온라인 대가족의 막내자 유일한 20대로서 왠지 20대를 대표하는 것만 같은, 대표해야 할 것만 같은 약간의 책임감 혹은 부담감을 안고 있었다. 하지만 이루미 작가님의 한결같은 응원과 온라인 대가족분들과 꾸준한 소통 덕에 부담은 조금 내려놓고 한결 가볍게 글을 쓸 수 있었다. 혼자였다면 절대 할 수 없던 일이었을 텐데, 이렇게 좋은 가족들을 만나게 되어 결국은 결실을 보게 되었음에 감사할 따름이다.

◆ 온라인 대가족의 글을 보고 느낀 점은?

그래도 괜찮아, 가족이니까!

온라인 대가족의
모든 것

1. 온라인 대가족 모임과 책

1) 가치: 뿌리 사랑

'부모님의 어린 시절은 어땠을까?' 이 질문을 시작으로 자신의 뿌리를 알아가는 여정이 시작된다. 가족이라는 주제로 글을 쓰는 것은 자신과 가족을 뿌리부터 이해하고 사랑하게 되어 세대 간의 이해와 통합을 도울 수 있다. 고로 가족 역사책으로도 소장의 가치가 있을 것이다.

2) 동기: 연결되고 싶은 마음

◇ 모임

타지, 임신, 바쁜 남편으로 인한 소통의 욕구와 그리움을 달래고 싶었던 차에 가슴부터 설레는 아이디어가 생각났다. 그것이 이 모임의 계기가 되었다.

◇ 책

이 모임을 통해 소통의 욕구 해소뿐 아니라 자신과 가족, 타인을 좀 더 이해하게 되었다. 글로만 서로 연결되어도 그런 결과를 얻으니 책에 독자 기록공간을 넣어 그런 연결을 시도했다. 더 많은 이들이 위와 같은 결과를 얻으리란 믿음으로 책을 쓰게 됐다.

3) 모인 과정

온라인으로 글쓰기를 좋아하는 사람들에게 위의 1)번의 가치를 말하며 제안했다. 회원들은 블로그 이웃들, 지인들, 오픈 채팅 방 회원들 등 다양했다. 서울, 전라도, 경기도, 제주도, 충청도, 부산 등 거주지도, 연령과 성별도 다양했기에 여러 가지 제안방식에 의해 모여졌다.

2. 온라인 대가족 관련 구체적인 사례

1) 가치

아버지의 무뚝뚝함. 남을 더 챙기셨던 순간에 아버지에 대한 바람을 전달하는 과정에서 아버지의 어린 시절이 궁금해졌다. 세 살에 아버지를 잃고 들에 난 잡초처럼 사셨다는 아버지의 어린 시절을 내 나이 31살 때 처음 알았다. 그걸 안 이후 나는 내 뿌리가 시작된 곳부터 이해하고 사랑하게 되었고. 우리의 책이 다른 이들에게도 그런 영향을 줄 거라 믿게 되었다.

2) 모임

다양한 걸 배우며 소통하는 걸 좋아하는 사람이 임신 막달에 이어 출산까지 집 안에만 있으려니 새로운 소통의 창구가 필요했다. 타지 생활에 멀리 있는 친가족과 벗들도 그리웠다.

그 순간 머리가 아닌 가슴에 스치는 생각이 바로 온라인 대가족 모임에서 하는 관심 주제 글쓰기였고. 함께 하고 싶은 분들께 위 제안을 했던 것이다. 가슴이 두근거리고 뭔가 기쁜 일이 일어날 것 같았다. 일면식도 없고 온라인상에서 연결된 사람도 있었지만. 대부분 글쓰기를 좋아하고 잘 쓰는 사람들이라 소통도 다른 일반 모임보다 훨씬 좋았다.

그 제안의 깊은 곳엔 그리움, 외로움, 공허함으로 인한 소통의 간절함이 있었다. 그것이 4년 전부터 지금까지도 글과 소통으로 함께 나눠준 온라인 대가족님들이 고마운 이유이다. 먼 친척보다 가까운 이웃이라 했던가? 온라인으로만 자주 나누는 것도 가족만큼이나 든든함을 준다는 걸 온라인 대가족님들과의 시간 속에서 느낄 수 있었다.

3) 책

모임을 한참 진행하다 한번은 고등학생 참여자가 성적으로 고민하는 주제를 제시했다. 60대 분은 밭일 농사일로 바빠 성적 고민할 시간 없이 학창시절을 보냈다는 글을 공유했다. 우리는 서로 그렇게 달랐다. 그 다름을 섬세하게 알아가는 과정이 서로의 가족을 촘촘히 이해하는데 큰 도움이 되었다. '이걸 책으로 내보면 어떨까? 재미있고 의미 있겠다. 작게는 가족의 화합, 크게는 세대통합이 이루어지지 않을까?' 싶었다.

3. 온라인 대가족 소개

성정민 대표님

세 손가락으로 기타를 치는 대표님을 보신 사모님은 물으신다. "어머, 손이 어떻게 하다 그렇게 되셨어요?" 대표님은 웃으며 말씀하셨다. "아~ 두 손가락은 천국에 먼저 갔어요." 그 이후 사모님은 대표님께 프로포즈를 했다고 하는데 본이 되는 부부 강사다운 모습이다.

엄해정 대표님

부동산 중개업자의 실수로 억울하게 2억을 날리고 소송하고 싶은 마음 굴뚝같을 텐데 그 순간 선택하신다. 소송하는데 시간, 마음, 돈을 쓰기보다는 부동산 공부를 시작하셨다. 28살에 사업을 시작해 장수기업을 이끌어 오시고 활발히 활동하는 광주의 유지다우시다.

김경순 선생님

감사 표현은 사람에게뿐 아니라 자연에게도 할 수 있는 것이라며 바람, 꽃, 나무들에게 표현하는 법을 알려주셨다. 음식도 정성스럽게 잘하시지만 밭도 잘 가꾸는 선생님을 뵐 때면 아름다운 언어로 그 주위와 사람들의 마음을 잘 가꾸어주신다. 인성 교육 분야의 부산 대표님다우신 모습이다.

이윤정 작가님

아침 일찍 전화벨이 울린다. 작은 일 처리 관련 톡을 보낸 사람에게 말씀하신다. "제가 지금 너무 아파서 응급실에 가려 해요. 답하기 어렵다고 전화했어요." 전화 받은 사람은 눈물이 났다고 한다. 어떤 상황에서도 늘 자신과의 크고 작은 약속을 소중히 생각해주는 마음이 전해져서라고 했다.

김주연 관장님

아이들과 부모님을 위해 하루에도 1000장을 넘게 사진을 찍으신다. 힘드시니 사진 안 보내셔도 된다고 학부모님이 말씀하시니 하나도 안 힘들다며 아이 그만둘 때까지 보낼 거라고 몇 년을 그렇게 보내셨다. 학부모님들은 아이들에게 "태권도 안 배워도 되니 관장님의 성실함을 배워와." 하셨단다.

이루미 작가님

한번은 다니던 회사에서 도둑이 들어 밤새 몇 주째 작업한 자료들이 담긴 기기가 없어졌다고 한다. 그 순간 도둑으로 짐작이 되던 사람을 찾아가 눈을 보며 설득했고, 그 이후 도둑은 자백과 함께 그 회사를 축복하는 메시지를 보냈다고 한다. 진실한 마음 하나로 사람들을 모이게 하는 분답다.

임소라 작가님

모든 리더는 자기 사람이 필요하다. 자기 사람의 최고 조건은 이런 사람이다. "○○○님 무엇이든 말해요. 뭐든 다 들어줄게요. 어떤 상황. 어떤 경우에도 다 들어줄게요. 혼자 기쁘거나 슬프게 하지 않을게요." 온화한 소라님은 자신의 사람이라 생각하면 그렇게 안전 편이 되어 준다.

황준연 작가님

한번은 군대 안에서 자살소동이 일어났다고 한다. 황준연님은 그 순간 그의 이야기를 온전히 들어주며 한 사람을 살렸다고 한다. 그뿐이 아니다. 두 번째 자신의 책으로 '책쓰기' 관련 책을 내신 용기로 평범한 사람이 책쓰기를 하는데 큰 용기가 되어 힐링맘스를 포함한 많은 작가를 만드셨다.

정희경 학생님

학창시절 줄곧 리더를 도맡아 하던 희경 학생반에서 있었던 일이다. 아이들이 선생님의 말씀을 안 듣고 말썽을 부리자 교단 앞에 서서 아이들과 선생님의 중간입장에서 말을 꺼낸다. 그 이후 아이들은 선생님의 말씀을 잘 들었다고 한다. 남을 세우기에 탁월한 어머니 아래서 자란 딸답다.

온라인 대가족에게

남편의 글을 읽다가 '걷는 사람은 길이라는 실로 찢긴 대지를 꿰매는 바늘과도 같다.'는 리베카솔닛의 글이 생각났습니다. 이제까지 걸어온 목사의 길을 꿰매는 동시에 이제 글쓰기를 꿰매기 시작하는 길에 선 그는 참 용감하고 근사한 사람입니다. 아버지로, 남편으로, 아들로서 고민하고 기도하며 함께 나누고 통찰했던 말들이 글이 되어 기쁩니다. 사랑해요. 여보!

— 아내 전현숙

어머니는 저에게 항상 빛이 나고 자랑스런 존재셨죠. 어머니가 저희 가족을 위해 고생하시고 희생하신 것을 생각하면, 좋은 부모, 좋은 자녀가 되기는 참 많은 노력이 필요하고 이루기 힘든 일인 것 같습니다. 가족 이야기를 그려내시며 작가되심을 축하드립니다.

— 첫째아들 영준 올림

내 인생 최고의 친구이자, 선배이자, 엄마인 김경순님에게

요즘의 여느 10대들보다 더 큰 꿈을 가지고 사는 엄마가 늘 자랑스러워요. 언제나 좋은 자극점이 되어주는 엄마의 글쓴이로서의 첫발을 진심으로 축하해요. 앞으로도 지금 마음을 변치 말고 도전 그리고 전진하길 바랍니다. 늘 사랑하고 고맙고, 엄마 덕에 행복합니다.

— 엄마 딸 윤서 올림

엄마 안녕하세요? 제가 엄마에게 마음 표현을 잘하지 못하고 힘들게 할 때도 있지만 엄마를 항상 사랑해요. 엄마가 칭찬을 해주실 때면 하늘로 날아갈 듯이 기뻐요. 엄마의 사랑이 부족하다고 느껴질 때도 가끔 있어서 저를 더 많이 사랑해주셨으면 좋겠어요. 엄마는 저에게 많은 것을 주셨지만, 저는 엄마에게 줄 것이 사랑밖에 없어요. 늘 사랑하고 고마워요!

— 엄마를 사랑하는 보민이가

　아빠! 아빠가 매일 아침에 밥 챙겨주시고, 우리 도와주셔서 감사해요! 제가 이제 아빠 말 잘 듣고, 많이 도와드릴게요! 맨날 맨날 아빠는 많이 챙겨주시는데, 저는 보답을 못했네요. 이제부터라도 많이많이 노력할게요! 항상 건강하세요! 그리고 너무너무 사랑해요.

　　　　　　　　　　　　　—2021년 4월 30일 금요일
　　　　　　　　　　　　　아빠의 소중한 큰딸 별이 올림

이루미님의 가족편지

엄마, 안녕하세요? 저 하윤이에요. 저를 낳아주셔서 참 감사해요. 엄마가 제가 하고 싶은 것도 항상 하게 해주셔서 제가 이렇게 잘 클 수 있었어요. 저는 엄마와 아빠 딸이라 참 좋아요. 다음에도 엄마와 아빠 딸로 태어날 거예요. 엄마하고 아빠하고 동생이랑 우리 오래 오래 살아요. 엄마가 할머니가 되어도 엄마 많이 생각할게요. 저는 엄마를 날마다 사랑해요.

— 큰딸 하윤 올림

🌿 임소라님의 가족편지

　주말부부란 이유로 육아의 과정에서 함께 하지도 못하고 많은 도움도
주지도 못해서 미안하다는 감정이 빚처럼 마음 한쪽에 쌓여가고 있을
때. 가족이란 울타리에서 진심 어린 대화와 고마움이란 마음으로 시간을
보내니 지금의 즐거운 가족이 된 것 같아 이 자리를 빌려 한 번 더 말하
고 싶다. 당신이 있기에 행복하다고. 그리고 고맙다고!

―사랑하는 남편이

　아들의 글을 보니 여러 가지 생각이 든다. 엄마가 늘 무심해서, 또 심하게 말해서 미안하다. 본의 아니게 상처를 준 것 같아서 늘 미안한 마음이다. 엄마가 다시 보자고 해놓고, 또 와보니 심하게 대하는구나. 그래도 엄마는 아들밖에 없다.

　늘 고맙고, 늘 잘되기를 기원할게. 사랑한다.

— 엄마 김인점

🌷 정희경님의 가족편지

가족 단체 채팅방에 '나 기운 나게 한 줄씩 응원 메시지 부탁해'라고 보냈을 때, 이렇게 답이 왔다. 아빠는 파이팅! 파이팅! 딸 최고!!! 잘하고 있어. 자기를 믿어. 딸밖에 없다! 엄마는 우리 딸 최고! 오늘도 파이팅 하렴♡♡ 동생은 ㅋㅋㅋㅋ 파이팅~~

— 사랑하는 가족들이

가족들이 좋아하는 산책 장소인 학교 전경이다.

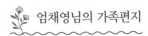

안녕하세요, 엄마? 요즘 함께 아침 산책을 할 때마다 저는 너무 행복하다고 느껴요. 여행을 갈 때도, 아니면 놀 때도 항상 곁에 있어 주셔서 더욱 든든하고요. 언제나 저에게 사랑을 듬뿍 주셔서 감사합니다! 저는 아직 어리고 부족한 점이 많아서 저를 키우시면서 힘들었던 점도 많이 있었을 거로 생각해요. 하지만 언제나 저도 엄마를 사랑한다는 점을 잊지 말아 주세요. 앞으로도 멋진 딸이 되기 위해 노력할게요!

— 막내딸 예진 올림

　세상의 귀한 우리 딸….

　태어날 때 엄마를 힘들게 하더니 자라면서는 얼마나 착하고 순하게
컸는지. 열 명도 키울 수 있다고 생각했지. 결혼 후 남편 내조 잘하고 아
들 둘 낳아 가정 잘 꾸려가는 모습에 듬직하기도 해. 아빠. 엄마. 동생
잘 챙기는 모습이 정말 고맙고. 아이들 크고 나니 우리 딸 하고 싶은 거
하는 모습 보니 대견하고 대단하다는 생각이 들어.

　엄마 딸로 태어나줘서 고마워. 사랑해.

— 사랑하는 엄마가

엄마, 먼저 나 낳아줘서 고마워. 그리고 키워줘서도 고마워. 또 나 맛있는 것도 해줘서 고마워. 엄마한테 짜증 날 때도 있는데 엄마가 나 사랑한다는 거 아니까 짜증 안 내려고 노력할게. 그리고 가끔은 엄마 하고 싶은 것도 하고 먹고 싶은 것도 먹어. 그리고 나도 엄마 사랑할 거니까 엄마도 나 많이 사랑해줘. 우주만큼 사랑해줄게. 사랑해.

— 첫째 딸 예나 올림

엄마! 오빠랑 제가 싸우는 것 때문에 많이 힘드시죠? 앞으로 저도 오빠랑 잘 안 싸우는 방법에 대해 생각해 볼게요. 그리고 전 엄마를 무척이나 사랑한답니다. 앞으로 더 우리 가족이 화목하고 즐겁게 지냈으면 좋겠어요. 제가 엄마랑 더 즐겁고 건강하게 지내려면 엄마도 항상 건강하게 사세요! 엄마가 건강하게 살 때까지 효도할게요. 사랑해요.

— 둘째 딸 박준희 올림

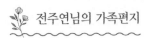

　세상에서 제가 가장 사랑하는 엄마. 저 지우예요. 저를 2011년부터 지금 2021년까지 잘 키워주셔서 감사합니다. 엄마는 저에게 많은 것을 주고, 제가 가장 좋아하는 사랑을 많이 줬는데, 저는 드릴 수 있는 것은 관심, 사랑, 존경만 있어서 감사하기도 하고, 죄송하기도 해요.

　앞으로 우리 서로를 더 사랑하면서 행복하게 살아요. 엄마, 사랑해요!

-첫째 딸 지우 올림

그래도 괜찮아, 가족이니까!
응답하라, 2050 대가족!

온라인 대가족 지음

발 행 처 · 도서출판 청어
발 행 인 · 이영철
영   업 · 이동호
홍   보 · 천성래
기   획 · 남기환
편   집 · 방세화
디 자 인 · 이수빈 | 김영은
제작이사 · 공병한
인   쇄 · 두리터

등   록 · 1999년 5월 3일
(제321-3210000251001999000063호)

1판 1쇄 발행 · 2021년 9월 20일

주   소 · 서울특별시 서초구 남부순환로 364길 8-15 동일빌딩 2층
대표전화 · 02-586-0477
팩시밀리 · 0303-0942-0478

홈페이지 · www.chungeobook.com
E-mail · ppi20@hanmail.net
I S B N · 979-11-5860-973-3(03810)